王坚·著

序 言

我的妻子王坚,一九五〇年八月出生在一个普通的知识分子家庭。其父亲是中学教师,曾任校教导主任,母亲贤惠善良,勤俭持家,相夫教女。王坚的工作经历可大致分为三个阶段:青年时期当演员,中年时期当干部,退休后被聘为电视台节目主持人。由于她虚心好学,认真负责,刻苦耐劳,真诚待人,因此在工作中都有较好的成绩。她一九七二年进入宁波甬剧团当演员,被评为国家二级演员,后担任剧团副团长、副书记。一九九二年,她调任至中国外运浙江公司,任党委副书记、纪委书记,高级政工师,负责党建、政工及经营管理,被评为市级和外经贸系统的优秀党务干部。二〇〇五年退休后，在第二年的十二月，她被宁波电视台聘为《阿拉讲大道》的节目主持人，又在《得月街》《药行街》《老爷升堂》等宁波方言电视剧中饰演主要角色，深受观众喜爱。

"知识像太阳，能照亮人生、改变命运，是取之不尽的源泉，用之不竭的财富。"这话是王坚经常对我说的，我听后也感慨万千。二十世纪六十年代，她失去了继续学习的机会，但是她勤奋刻苦，努力获得新知识，年过三十岁依然背起书包，珍惜拿起书本的各种机会，进入上海大学、上海外经贸学院等学校充实自己，丰富自己。她还把学到的知识和生活的经验写下来，甚至把自己在老百姓中听到的民间传说、笑话故事整理编写在笔记本里。她还喜欢收集各种做菜的方法，经常去各类餐馆向主厨请教各地特色菜的做法，也很关注宁波老百姓喜爱的家常菜。她要去电视台录制烧菜的节目之前，我们家里人都非常开心，因为她敬业，每次都会在家里预先实践几次，于是我们就可以近水楼台先得月了。

一个电视台，一个频道，总要有几个名牌栏目，总要有几个让人印象深刻的节目。《阿拉讲大道》

这个栏目，继承了宁波传统文化，在当地有一定的影响力和品牌效应，深受许多新老宁波人的欢迎和赞赏。这是整个栏目组的功劳，但我觉得也离不开节目主持人王坚的努力，她对电视事业倾注了满腔的热情，全身心地投入其中。她扎根老百姓之间，寻找老百姓生活中的光辉点和人间真善美。她虚心向人请教，经常备稿、背稿到深夜。她说："一定要把讲话稿吃透背熟，把人家写的故事变成自己要说的话，变成广大观众听得懂且爱听的心里话，这样才能与观众心连心，才能做出老百姓自己的节目。"主持人作为大众传播活动的工作者，由于工作的特殊性质，其个人文化修养、道德行为、艺术风格等，都会直接影响节目效果。她深深体会到，要做好事情，必须要先学会做好人，既然是老百姓的节目，就要深入生活，千方百计接近老百姓，与老百姓交朋友，当他们的贴心人、代言人，了解大家愿意听什么、看什么、说什么，才能做出观众喜闻乐见的好节目。

这本书，收录了近四十篇文章，内容质朴自然，语言通俗易懂。王坚根据我国文化传统和地方风俗民情，结合自己经历的生活和工作趣事，展现百姓生活经验和精神风貌,还谈到了她在舞台上的演出体会。讲的几乎都是原生态的生活故事,言之有物,言之有理,言之有序,言之有趣,读来耐人寻味,有一定的吸引力和感染力。希望她的这本小书能给读者带来欢声笑语,让读者感受到幸福和美好。

王启人

二〇一八年十月

目 录

序　言（王启人）……………… 001

有吃，没吃……………… 003
吃毛蟹唰……………… 008
春风吹又生……………… 012
雨后春笋……………… 015
喜欢夏天……………… 018
夏日下饭……………… 023
芋　艿……………… 027
老下饭和带鱼粥……………… 031
吃　鱼……………… 034
将　补……………… 044
丁四子……………… 050
记忆中的河埠头……………… 053

聊聊旧俗

清　明 …………………… 059

立　夏 …………………… 063

端　午 …………………… 067

闲话中秋 ………………… 071

岁岁重阳，今又重阳 …… 076

灶君菩萨 ………………… 080

闲话过年 ………………… 084

守　岁 …………………… 088

放鹞子 …………………… 093

童年游戏 ………………… 097

宁波婚俗趣事 …………… 103

讲讲闲话

癞头儿子自中意 ………… 111

养囡趣事 ………………… 117

火　着 …………………… 124

又着火啦，NO！ ………… 129

喝　彩 …………………… 132

改　行	137
得月街	148
寻　亲	156
甬剧带给我的苦与乐	167
我热爱甬剧	181
难忘师恩	192
甬剧舞台上的一姐	196
谈谈甬剧	206
给角色以生命与灵魂	217
后　记	234

TAN

TAN

SHENGHUO

有吃，没吃

民以食为天，吃是人们生活中必不可少的。如今，无论走到宁波的哪个县、哪个区，最多的店就是吃食店，大店小铺各种美味佳肴应有尽有，老百姓已不为吃而发愁。民间流行一句话："只要有钞票，什么买不着？"据说，有一年宁波餐饮消费额排到了全国第一呢。

我们宁波真是有得吃，田里长的、地上跑的、水里养的、海中游的，只要说得出、想得到的，宁波都有。菜式也是五花八门。书上有记载的有：冰糖甲鱼、剥皮大烤、咸齑大汤黄鱼、锅烧鳗、拖黄鱼、梅子肉、海参黄鱼羹、苔菜小方烤、网油包鹅肝、腐皮包黄鱼。通常宁波人结婚请客，宴席上有十只冷盘——熏鱼、卤肉、醉鸡、白鹅、酱鸭、爊菜、五香牛肉、盐水虾、酱毛蟹、香干拌马兰；十只热炒——炒双冬、芥菜炒乌贼、猪肝炒萝卜、虾仁炒腰花、蛎黄炒蛋、醋熘鲨鱼、火腿蒸河鳗、糖醋排骨、洋芋艿咖喱鸡块、黄鱼鲞烤肉；四只大菜——全鸡、全鱼、三鲜面结、走油蹄髈；两道点心——包子、甜羹。

　　宁波人对家常菜也是很考究的。虽然不是天天十碗八盆，但餐桌上每餐总有四五碗荤素搭配的下饭：油豆腐爤肉、抱盐咸带鱼、咸鳓鱼蒸蛋、肉饼子蒸蛋、葱爤河鲫鱼、油爆河虾、乌郎鲞爤肉、黄鳝糊、蛎黄豆腐羹、萝卜丝带鱼、猪油渣芋艿羹、葱油海瓜子、长街蛏子、醉蛎黄、奉化蚶子、宁海青蟹、象山白蟹……只要清炖炖、白氽氽，酱油揾揾就透鲜嘞。素净点的，咸齑倭豆芽、糖醋爤带豆、油焖茄子、葱油芋艿、咸齑露爤夜开花……还有宁波人家家都备有的压饭榔头：臭冬瓜、黄泥螺、海蜇皮子、龙头烤、咸炝蟹等。宁波人吃饭还少不了一碗汤：冬瓜海蜓汤、咸齑鞭笋汤、番茄豆腐汤、紫菜虾皮汤、榨菜肉丝汤、圆蛤蒸蛋汤。点心也是甜甜咸咸、花花色色：猪油汤团、浆板圆子、水果甜羹、肉丝炒年糕、咸齑年糕汤……这些菜只是我从小到大吃过的菜中的一部分。怪不得在国外求学的女儿回家时，一吃家乡菜就感慨：做宁波人真幸福，真有得吃！

　　可没得吃的时候真没吃的。二十世纪六十年代初，全国人民都没得吃啊！物资严重匮乏，样样东西都计划供应。粮食凭票定量，而且细粮是少数，粗粮、杂粮占大多数,连野菜、树根也被挖来充饥。那时我十几岁,正长身体,上顿没吃饱,等不到下顿就饿了。特别是下午两节课结束,后面还有两节课,肚子已经饿得咕咕叫,离吃饭还有好几个小时,这是最煎熬的时刻。有一天我突然发现每到这时候,总有一些男同学飞奔出去,追都追不上,然后眼睛一眨他们就回来了,回来时有说有笑特别高兴。问他们什么事这么高兴,个个只笑不说话。后来才知道,每天这个时候食堂有卖烤番薯或芋艿头,两分钱就可以买到一个拳头大的烤番薯或芋艿头,只要菜票不要饭票。番薯和芋艿是高年级同学在学校的高山农场种的,收回来给同学们抗饥。我也去买过几次,两分钱买的番薯、芋艿和要好的同桌分着吃,一人一分钱,这意义已经不只是简单的充饥了。

在那个没吃的年代,如果有马蹄蛋糕(就是现在超市还有卖的小方蛋糕)吃,那简直是很奢侈的事情了。那年叔叔新婚,娶来的婶婶是市篮球队的运动员。运动员有特殊配给,婶婶买来一些马蹄蛋糕,自己舍不得吃,拿来孝敬阿娘。阿娘又舍不得吃,拿来藏在瓦饭盂里,留给我吃。我是阿娘养大的,阿娘非常宠我。那时大概是要期中考试了,功课比较紧张,我有两个星期没去阿娘家,阿娘特意请人带话叫我去一趟。一放学我就赶了过去。阿娘一见我，马上颠着一双小脚去抱瓦饭盂。一掀开盖子，黄澄澄的油沫沫的蛋糕已经变绿了——发霉啦！阿娘抱着瓦饭盂，看着蛋糕直流泪。现在谁还会吃这发霉的东西，早就去倒掉嘞！可那时不舍得，最后阿娘把发霉的部分挖掉，隔水蒸一蒸，我吃得还是那么香。

后来，阿娘生病住院，我妈去照顾，白天忙着做事体，晚上就打地铺睡在病房的走廊里。我妈那时因吃不饱，严重营养不良，正患浮肿病。阿娘邻床有个从舟山来的病人，她老公是船老大，还有三个小孩，家中抽不出人来照顾她。她刚入院时病情较重，躺在病床上起不来。我妈善良热心，就帮着照顾她，还把我们仅有的一点菜分给她吃，甚至送给她粮票让她买粥吃。在自己都没吃的年代，哪有人会把粮票送给非亲非故的人。快过年了，她病也好了，她老公来接她回家，带来一果桶的清蒸鲜带鱼送给我们，以表感激之情。推辞不掉，我们也就收下了。你说这一桶鲜带鱼，在没吃的年代意味着什么？当时过年配给两条咸带鱼，还分大户、小户呢！阿娘病未好，我们只能在医院里过年，但全家都沉浸在这一果桶带鱼带来的愉悦之中。

后来有得吃了，但过去的这些事像刻在了脑子里，很难忘记。有吃总比没吃好，吃饱总比饿肚皮好。但有吃

《有吃,没吃》
何业琦/绘

一放学我就赶了过去。阿娘一见我,马上颠着一双小脚去抱瓦饭盂。一掀开盖子,黄澄澄的油沫沫的蛋糕已经变绿了——发霉啦!阿娘抱着瓦饭盂,看着蛋糕直流泪。

了也不能多吃、乱吃,还是要适当地吃,吃得健康,吃得环保。不然吃太多带来了三高,到时候医生说这不能吃那也不能吃,又要没得吃嘞!还有现在乱用耕田,污染环境,影响到吃的东西,再这样下去也要没得吃嘞!

大家都要珍惜有吃的年代,不要让我们的子孙后代重复我们这一辈人没得吃的痛苦。

吃毛蟹嘞

西风起了,菊黄蟹肥,吃毛蟹的旺季又到了。以前毛蟹是自然野生的,吃的时间较短;现在多是养殖的,所以吃的时间更长了。通常说的九雌十雄,是说阴历九月吃雌的螃蟹较适宜,十月则是吃雄的较好。九月的蟹还是嫩了一点,相对来讲,雌的稍成熟,但有的人就是喜欢吃这个时候的蟹,肉质嫩,更鲜美。到了十月,雄蟹成熟了,开始起白油了。白油就是雄蟹的精子,雄蟹白色透明的膏很好吃,特别受人们的喜爱。十月是蟹最成熟的时候,雌蟹有黄,雄蟹有膏,最是美味。烫一壶黄酒,毛蟹剥剥,真是人间乐事。

一说吃毛蟹,就要说起谁是第一个吃蟹的人。鲁迅先生曾称赞第一个吃螃蟹的人是令人佩服的,不是勇士谁敢去吃它呢?蟹的形状丑陋,甚至可怕凶狠,第一个吃蟹的人的确需要勇气。那到底谁是第一个吃螃蟹的人呢?

相传几千年前,江河湖泊里有一种双螯八足、凶恶横爬的硬壳怪物,它们不仅偷吃稻谷,还用双螯伤人,故被人们称为"夹人虫"。大禹到江南治水,派一个名叫巴解的人去督工。可是这夹人虫来捣蛋,严重妨碍了工程的进展。巴解想出一个办法,在工程的边上挖了一条沟渠,把这些夹人虫引到沟渠中,围住后用滚水将其烫死。烫死的夹人虫通体呈红色,并散发出诱人的香味,巴解好奇地咬了一口,浓郁的香味诱使他更加大胆地将硬壳掰开。他倾心而食,谁知这夹人虫味道居然如此鲜美。他从未尝过如此美味的食物,欲罢不能。大家见巴解如此酣畅淋漓地大食夹人虫,也试着吃起来。从此让人惧怕的害虫,成了家喻户晓的美食。大家为了纪念和感谢敢为天下先、为人们发现美食的巴解,在巴解的"解"字下面加了一个"虫"字,把夹人虫称为"蟹"。巴解不仅征服了这害人的夹人虫,还为人们发现了美食,他是天下第一个食蟹的人。

也有传说有一年绍兴蟹成灾,有一个师爷便在大缸里放了盐水,将蟹渍死。他将蟹杀死消灾的同时,也为人们创造了腌蟹这种美食。

关于蟹的传说与故事不胜枚举,我也曾经"制造"过一个。不知从哪里听来的,说是中国的毛蟹由海运压舱到了英国,久而久之在英国的泰晤士河里成群繁殖,外国人不知道毛蟹是一道美味佳肴,所以泰晤士河里里爬满了毛蟹。前几年有一个小姑娘去英国留学,我就把这个泰晤士河里的毛蟹随抓随吃的故事告诉了她。等她放假回来,我就去问她:是不是到泰晤士河抓毛蟹啦?是不是毛蟹吃厌啦?她回答我哪有毛蟹吃呀!看都没看到过!哈哈哈!

吃蟹很有讲究,一般都是成对吃。雄蟹呈长脐,就是肚脐盖呈尖的三角形;雌蟹呈团脐,也就是肚脐盖呈半圆状。蟹有四个部位不能吃,胃、鳃(也称蟹须)、肠、心一定要挖掉。螃蟹蒸着吃,调料很讲究:酱油、醋等量,姜丝稍多些,白糖少许,这样味道更好。考究一点的,吃完蟹喝一杯生姜黄糖茶祛寒。

也有做成酱毛蟹吃的。蟹要活的,个头不用太大,洗净后放在调料里浸上两天便可以吃了。调料主要是酱油,最好用黄豆酱油加上黄酒,加入生姜末、大蒜末调匀,再放少许花椒、干辣椒就更入味了。

上海人吃蟹更是一绝,将蟹蒸熟后把蟹肉剔出,通称蟹粉。也有将蟹黄、蟹膏、蟹肉、蟹脚分开做成各种佳肴的,如蟹粉狮子头、蟹粉豆腐、蟹粉小笼包、蟹粉鱼肚、蟹粉炒蛋、蟹黄香干丝、蟹柳芦笋、清炒蟹膏……吃蟹的季节,许多上海人都会做蟹粉储藏在家里,平时拿出来放一些在果蔬里,味道十分鲜美。

近年来又流行吃毛蟹炒年糕,这年糕一定要用宁波慈城产的年糕,软软糯糯的,不会炒糊,可以切成薄片,也可以切成丝。将毛蟹洗净,除去蟹的胃、肠、鳃、心后备用。热锅入油,待油热烟尽时将姜爆一下,随即放入对切的毛蟹,煎至金黄色,放些许黄酒去腥,加一勺豆瓣酱煸炒,放入老抽和一点点盐。然后加没开水后,将年糕铺在蟹上面,大火烧开,改中火再烧五分钟左右开锅,加入葱花后不停地翻炒以免粘锅。炒至年糕软糯,汤汁都浸入年糕,便可出锅食用。蟹的鲜香都融在年糕里了,你说好吃不好吃!

我很喜欢吃蟹,印象中小时候小菜场里卖的蟹好像只头都是小小的。妈妈下班回来晚,每次我都等不及,馋得把蒸好的蟹脚都掰下来吃了。现在市面上的蟹又多又大,虽然价格不便宜,但现在生活条件好了,买几只吃吃总还是可以的。不过想到人太胖,怕胆固醇太高,我就不敢多吃,往往只能望蟹兴叹!

春风吹又生

前几天去录制《得月街》节目,途经电视台大院,突然发现树下草地已绿,仔细一看,有地菜,还偶见马兰,心里一阵高兴。

地菜、马兰,我太熟悉,也太喜欢吃了。现在菜场里都有得卖,哪怕是冬天,大棚里都有种植的,随时可以买来做着吃。但我还是喜欢土地里自然长出来的,那样做出来的菜品更香、更鲜、更好吃。

小时候我家住在北大路靠近姚江边,出门就是体育场,后面是江滨公园,大片的青草地上长满了地菜和马兰。课余时间或休息的日子,我会和同学一起去挑地菜和马兰。

第一次挑来的地菜,是与邻居家的公公婆婆一起炒年糕吃的。公公婆婆的子女大多在外地,身边无孙辈,他们就把我当成孙女一般疼爱。他们见我挑来地菜,煞是高兴,马上把地菜洗净切碎,把年糕切成丝,这样炒出来的年糕,地菜黏附在年糕上,更入味。眨眼间,年糕丝炒好了,香气扑鼻。地菜的清香,年糕的软糯,构成了这一道无比匹配的佳肴。祖孙三人分享着这份美味,幸福溢于言表。

等我再大点,我知道地菜的学名叫荠菜,具有健脾利尿、明目除湿、降压止血、健胃消食的功效——喔,看来荠菜不但味道好,还有许多药用价值。

据我所知,地菜是江南人喜爱的食材。在我们家,地菜就有好多种做法。比如,地菜切碎与猪肉相拌做馅子来裹馄饨、糯米汤团,放了地菜的猪肉馅除去了油腻,更加美味;地菜豆腐羹,再加点香菇,豆腐中融入了野菜和香菇的醇味;地菜蛎黄羹,菜香与海鲜的结合,使这道菜更加鲜美绝伦;地菜香干丝猪肉丝馅的春卷,是宁波人的春节必备菜肴,用油将其炸成金黄色,以此比作金条,寓意来年财源滚滚;地菜笋丝肉丝炒年糕则是宁波人最爱的美食之一,从会吃饭的小孩到牙齿掉落的老人,都喜欢吃。

马兰与地菜一样,一粒籽跌落进了泥土,便随遇而安,只要有水有土,便可宜地而生。中国人吃这些野菜的历史很长,早在春秋战国时就有相关记载,马兰清热解毒、利湿消食，对咽喉肿痛、产后疮疡也有一定药效……马兰炒猪肝还能治夜盲症、降血压呢。

宁波人最传统的吃法就是马兰拌香干。把马兰在滚水中氽熟，切碎，水不能挤太干，否则就不好吃了，放盐、味精、白糖少许，用麻油拌匀。如能放一些炒熟去衣的花生粗粒，更是锦上添花。

野菜，春风吹又生！

雨后春笋

小时候就听说,春天不能坐在毛竹林里,一下雨,一打雷,笋就会长出来戳你屁股。长大一些后,就觉得这不过是夸张的形容罢了。嗨!没想到后来我还真见识了雨后春笋的厉害,才知道此言不虚。

那是二十世纪七十年代,剧团带我们在慈城妙山劳动锻炼半年。我亲眼见到,春天雨后太阳一出,毛竹林里,土在微微地动,转眼笋就钻出来了。看着它长!长!一会儿就长到半尺高了,亲耳听到"啪啪"的拔节声,进竹林时才半脚高的笋,扭头就过膝了——这让我真正体会到了雨后春笋的蓬勃和力量,更令我感叹大自然的奇妙。

笋,尤其是春笋,初生时短壮肥嫩,是美味的山珍。据分析,笋含有丰富的蛋白质、氨基酸,含钙、磷、铁、胡萝卜素和维生素……中医上认为,竹笋味甘、微苦、性寒，能化痰下气、清热通便，尤其能清热化痰、利水消肿。笋又是低脂低糖粗纤维，能降胆固醇，是极好的降压减肥食品。

春天，自然的馈赠多：草籽（紫云英）、苋菜、香椿芽，简单制作就能成为人们舌尖上的美食，而春笋的吃法更多。宁波人吃笋更是变着各种花样，韭菜炒笋丝、咸菜炒笋丝、猪肉炒笋片、宁式韭芽笋丝鳝鱼羹、油焖笋、咸菜爊笋……就是宁波名菜冰糖甲鱼、锅烧鳗，也会放一些笋丝、笋片，以提升鲜味。笋丝荠菜炒年糕，无论招待哪里来的客人，都是与汤团齐名的必备点心。

我最喜欢吃的腌笃鲜，就是一道以笋为主角的美味佳肴。顾名思义，"腌"表示这道菜的主料是咸的食材，可以是咸猪肉，也可以是金华火腿；"鲜"即新鲜的五花猪肉，也可以是新鲜猪小排，还可以是鸡肉。但不管选用哪些肉类，这道菜的主角是笋。

烧制的关键是，鲜肉或火腿要整块烧，这样肉不会柴，汤不会太咸。鲜肉要切成一寸见方的小块，鲜肉和咸肉同时入锅烧至半熟时，将笋放入锅中，煮熟即可食用。笋要切成滚刀块，这样更加入味。

说到滚刀块，总会想起儿时妈妈说的呆大媳妇的故事：

从前有个呆大媳妇,婆婆叫她把笋切成滚刀块,她不会切,又不想问。想了半天,突然想到这是婆婆要考她的功夫。于是,她切一刀笋,自己在地上滚一圈,再切一刀,再滚一圈……等笋切好,人也滚得满身尘土、满脸乌黑。婆婆看了,一脸惊讶,问她为何如此。媳妇得意地说自己是切滚刀块所致,还津津乐道自己的滚刀功夫。谁知婆婆板起脸来训斥道:"滚刀块是笋切一刀滚半圈再切一刀,谁叫你人在地上滚啊?笨!"

每每吃到腌笃鲜,我就会想起这个呆大媳妇的故事,这更增添了笋汤的美味和吃笋的趣味。

春天啊,真好!

喜欢夏天

亲朋好友坐在一起闲谈时，总会说到喜欢夏天还是冬天这个话题。当然有的会说喜欢夏天，也有的会说喜欢冬天。若是问我的话，小时候会随我姆妈，而姆妈又随阿娘。她们啊，到了夏天说冬天好，因为她们俩比较胖，都怕热。到了夏天终日汗流满面，太热了，吃不好，睡不好……我就随着她们俩说夏天不好，冬天好。可到了冬天她们又说夏天好，夏天衣着轻便，上市的水果也多，即便是没胃口吃不下饭，也有许多水果吃。这时我又只能随着她们俩说夏天好，喜欢夏天。等我长大了，便恰恰相反，我是到了冬天感觉冬天好，喜欢冬天；到了夏天感觉夏天也好，喜欢夏天。

我喜欢夏天，因为夏天让人活得很爽快。一到夏天，人们脱下厚重的外衣，除去灰暗的颜色，穿得轻巧、灵便又色彩缤纷、琳琅满目。记得儿时,阿娘让我穿着她自己的旧香云纱大襟布衫改成的圆领小布衫。香云纱官名叫莨绸,是一种比较高档的丝绸。她对别人说,旧了的香云纱,洗掉了表面那一层"烤",那样就更柔软,更凉快;怕小孩脖子上长痱子,所以做成圆领。一个小小的女孩,长得白白净净,梳着洋葱头似的冲天小辫子,穿一套黑色的圆领香云纱布衫,拖着一双小小的木屐鞋,看看也舒服,想想也凉爽。那就是小时候的我。

再大一点,一到夏天,姆妈就给我穿各色各样的连衣裙,老派的人叫它们"跳舞裙"。那跳舞裙市场上有卖的,但多数是姆妈自己做的,有圆摆的,有打褶皱的,有一抹色的,也有大花的,灿烂得像朵太阳花。小姑娘穿着跳舞裙,走路时也要不时转个圈,展一下裙摆。一听人家说穿跳舞裙漂亮好看、显得身材好,那心里美得连读书也要多拿几个一百分。到现在,年纪有了,身材没了,但我对连衣裙还是情有独钟。一到夏天我就穿连衣裙,一穿连衣裙就感觉很好,觉得凉爽、轻松、年轻,还有一份对姆妈的怀念。

喜欢夏天,还因为这是水果上市的旺季。水果味道好,甜的酸的,应有尽有,而且含有丰富的维生素、植物纤维、水分、矿物质,非常有益于人体的健康。但夏天吃水果也是有讲究的。小时候就听阿娘说过,桃是铁,李是铜,多吃要碍胃；荔枝、桂圆是热食，多吃要上火。

其实水果也分寒性、热性、平性三种。人们应该按各自的体质来吃不同的水果，吃得不当会对身体带来不良的影响。一般来说，体质偏寒的人应多吃些热性的水果，体质偏热的人可适量多吃寒性水果，体质较差的人要多吃些平性的水果。夏天的水果，多为寒凉性的，如梨、苹果、香蕉和各种瓜。寒性体质的人若想吃这些水果，可在午后或晚饭前吃，且要少吃一些，可适量多吃热性的杏、荔枝、桂圆等。但夏天多吃热性水果易上火，特别是发热或发炎的病人要尽量避免食用。菠萝、葡萄、芒果、李子、橄榄属平性，不同体质的人都可以吃。

夏天吃得最多的水果要数西瓜。吃西瓜的时间可以从阳历五月底六月初一直到十月份，也就是可以从夏天一直吃到秋天。西瓜味甜，水分多。老人说夏天吃西瓜，郎中药物收。这说明夏天最适宜吃西瓜。西瓜含有丰富的维生素 A、维生素 B_1、维生素 B_2、维生素 C 以及葡萄糖、蔗糖、果酸和各类氨基酸，有清热解暑、利尿降压之功效，对高热口渴、暑热多汗、肾炎少尿、高血压等都有一定的辅助疗效。西瓜虽好，但也不能无节制地当饭吃，当药吃。西瓜属寒性食物，多吃易伤脾胃，尤其不宜于风寒和感冒初期食用。

每到夏天，我们宁波的王牌水果还有慈溪、余姚的杨梅，奉化的水蜜桃。杨梅在我国南方好几个省份都有种植，宁波慈溪、余姚的杨梅个头虽不大，味道却最好，甜酸适度汁水多，而且吃在嘴里软软的，营养价值和药用价值都很高。杨梅生津止渴，健脾开胃，多食也不会伤脾胃，且有解毒祛寒之功效，吃了顿时感觉气舒神爽，消暑解腻。杨梅烧酒里的杨梅把烧酒泡得红红的、甜甜的。我这个喝两口啤酒都会醉的人，但吃六颗杨梅、一小杯烧酒，却一点醉意也没有，只是觉得味道好，喝完浑身热乎乎的，蛮舒服，怪不得有人说杨梅烧酒比外国的XO更美味。如果中暑、肚子痛、发痧气，吃几颗杨梅就好了。我仔细查了有关资料以后，对杨梅更加刮目相看。资料显示，杨梅有消毒、除湿解暑、生津止咳、助消化、御寒、止泻、利尿、防治霍乱的作用，能使毛细血管通透，而且还有降血脂、减肥、防癌的作用。太神奇了，杨梅不愧有"果中玛瑙"的美誉。

奉化水蜜桃已经成为宁波的代表性水果之一。水蜜桃以"玉露"为上品，玉露桃肉质柔软，浆液多，被称为"琼浆玉露"。你吃过玉露桃就会知道，当你还在剥皮的时候，露已经流下来，香味已飘出三里路外，桃子还未入口，口水已经流下来了。被称为"瑶池珍品"的水蜜桃在宁波奉化已有五百多年的种植历史,奉化也被命名为"中国水蜜桃之乡",奉化玉露水蜜桃被称为国家级名果。我可以很负责任地告诉大家,全世界的桃子属宁波奉化玉露水蜜桃最好吃。

夏日的美好,还体现在夏日乘凉,那是一天中最惬意、最美妙的时刻。太阳刚下山,大人们就在明堂里泼水赶暑气,过后各家都把摇椅、竹榻、棕绷床搬出来乘凉。虽然蚊子很多,不过家家都有驱蚊的办法,点蚊香,点艾草,挂蚊帐,给小孩擦点花露水……阿娘摇着大芭蕉扇为我驱蚊,她说小孩的肉嫩,蚊子最喜欢叮,安安静静地坐着不出汗,蚊子就不会来叮了。各家大人把自制的零食拿出来给大家吃,西瓜子、南瓜子、糯米六谷(玉米)、芦稷(高粱)、沙炒倭豆、毛豆节干、花生笋麸……

大人们谈家常、讲大道,海阔天空,工作带来的疲劳,生活带来的烦恼,早已丢在脑后。小孩们互相猜谜子,听着讲了无数遍的故事,数着天上最亮的星星,北斗星、牛郎织女星……无尽的遐想涌现脑海。

我喜欢夏天。真的,我很喜欢夏天!

《丁四子》
何业琦/绘

丁四子的叫声弥漫在空气里，叫得小顽心儿欢，叫得小顽脚底痒，叫得小顽睡不着又坐不住，叫得小顽读书无心、吃饭无味，只想去捉这叫丁四子的虫儿。

夏日下饭

阿拉宁波人在夏天吃得虽然不是那么讲究，却比较有特色。

夏天的下饭清炖炖、白氽氽的比较多。猪肉还是家家餐桌上喜欢的主菜之一，但做法与冬天大不一样。记得阿娘做的夹精夹油白片肉，用放了蒜泥的酱油蘸蘸吃，味道一点也不亚于红烧肉，现在它还有一个好听的名字，叫"蒜泥白肉"。白水蹄也是适合夏天吃的，猪蹄用新鲜的毛豆粒来熬，这样既有猪肉的鲜味，又有毛豆的清香。熬得稍微软一点，更适合老人吃，熬煮出来的汤是女人美容的佳品。肉饼子蒸蛋做法很简单，肉饼子用黄酒和酱油拌匀，蛋可以整个炖，也可打散了炖，不要蒸得太老，与饭拌在一起，好吃又方便，很适宜小孩子吃。阿娘做的梅干菜蒸肉，方法看似简单，但每一道程序都要做到位才好吃。一定要用凉水把梅干菜泡上几个钟头，泡软后将水挤干，放在较深的大碗里，一层梅干菜一层猪肉，猪肉不要切得太厚太大，也可以放一点糖。然后放在大灶饭镬里蒸，也可隔水蒸，一次蒸上几个小时，要蒸三四次才好吃。这样猪肉里的油肉已经蒸得化掉了，精肉则很酥软，而最好吃的还是梅干菜，油沫沫的，过泡饭、过白粥为最佳。

夏天汗出得多，一碗汤是吃饭时必备的，而且阿拉宁波人还有一句话："喜欢吃汤的人讲义气。"咸齑豆瓣汤、咸齑扁笋汤、咸齑洋芋艿汤、咸齑冬瓜海蜇汤、咸齑番茄蛋花汤……真是"三天不吃咸齑汤，脚骨有眼酸汪汪"。宁波人认为咸齑汤既可口又解渴，既能防暑又能补充随汗流出的盐分。夏天，宁波人常吃的还有羊尾笋倭豆芽汤、紫菜虾皮汤、圆蛤蛋汤、菜蕻干油条汤、咸鳓鱼汤。咸鳓鱼吃到只剩头尾了，放一把葱花，倒一点米醋，舀一勺猪油，滚水一冲就可以吃，非常解渴开胃。阿拉家里最爱吃的还是细海蜇鱼虾露炖蛋汤。这是阿拉家的拿手菜，做法从阿娘传到我爸再传到我，现在已经传到我女儿了。你听了可能会笑话，不就是炖碗蛋汤嘛，又不是什么独门绝技。炖蛋汤是没有什么秘籍，但也有其独到的功夫。首先蛋要打得松，起码要打一两百下，加入黄酒、鱼虾露、细海蜇，再加入适量的温水调匀，等蒸锅里的水开了，就把打好调匀的蛋汤放进去蒸。蒸的时间少了，蛋和水还是混的；蒸的时间长了，蛋和水分开了，蛋也会冒出小孔，就不好吃了。所以功夫就在打蛋、加水的多少、水的温度以及蒸的时间上。那么怎么样的蛋汤才好吃呢？蛋和水交融在一起，动一下碗，则整碗蛋汤都会抖动起来，就像一碗嫩嫩的豆腐脑，又鲜又滑，这样的蛋汤就算做成功了。

冷拌菜既清口又开胃。芥菜拌开洋、生豆腐拌香椿芽、萝卜丝拌海蜇、黑木耳拌生洋葱、海带拌生姜丝、生咸齑拌海蜒、生番茄拌白糖，以及黄瓜糖醋拌拌、茭白盐酒拌拌、清蒸茄子麻油拌拌……冷拌菜加些蒜泥，加些醋，再放点辣椒，既可调味，又能去湿除菌，还可增加食欲。苔条花生、黄泥螺、灰蛋、皮蛋，也是夏天每家必备的家常菜。

宁波的海产一年四季丰富多样。记得夏天阿娘给我吃得最多的是蛏子、海瓜子、青蟹。阿娘说过，夏天青蟹赛田鸡，黄鳝赛人参，天上斑鸠地下泥鳅。特别是吃黄鳝可保护心血管。还有夏季是风湿性关节炎、慢性支气管炎等冬季病的缓和期，吃黄鳝还有冬病夏治的作用。杨梅烧酒注注（喝喝），青蟹过过，真是神仙过的日子。

实在是天热没胃口，还有结煞记（最后）拳头（最厉害）下饭：臭冬瓜、臭苋菜梗、臭芋艿翁，宁波人称之为压饭榔头。

饭吃勿落吃粥。宁波人吃粥有好多种吃法。菜粥，清淡，有丰富的植物纤维、维生素；绿豆粥，祛暑解渴、消烦解毒；红枣赤豆粥，补血、补气、养颜；银花粥，可以防治中暑；南瓜粥，补中益气、消炎止痛；薄荷粥，清热解暑、消烦止渴、减肥降压。在白粥里加入些许新鲜的藿香，可以防治中暑、高热、消化不良、感冒、胸闷和吐泻。此外，还有鸡肉粥、海鲜粥、猪肝粥等，偶尔吃一餐，味美又补身体。

我还记得阿娘初一、月半吃素，夏天半个月吃一次"饿菜"。吃"饿菜"就是只吃冷开水、生果，煮过的饭菜一概不吃，即所谓不食烟火。现在想来，阿娘除了信佛吃素，还有减肥意识。年轻人减肥为了美丽漂亮，中老年人减肥则为了健康。

芋艿

"跑过三关六码头,吃过奉化芋艿头",人们常用这句宁波老话来形容一个人很有阅历,见过很多世面。

芋艿分水芋艿、山芋艿,又分芋艿子、芋艿头,奉化芋艿头则是芋艿中的极品。不管芋艿子、芋艿头,圆滚滚的就是好。所以小孩子头形好的话,人们就会形容其"圆滚滚的像芋艿头"。芋艿煮熟了,糯糯的、粉粉的,透着一股子清香,很好吃。芋艿淀粉含量高,所以不仅能做菜,还能当饭吃。宁波人喜欢的吃法有葱油芋艿、芋艿子焖老鸭、芋艿头炖排骨汤、芋艿头蒸咸肉,而最经典、最传统、最宁波的吃法,便是毛芋艿煮熟后剥皮,用虾子酱揾揾吃,那美味是十分独特的。

最难忘的是二十世纪六十年代初,物资极端匮乏的三年即将过去,吃的东西稍稍多起来了。那年我十二岁,学校放假,我住在阿娘家,阿娘给我一元钱,叫我去买菜。平时都是买配给菜的,当时农贸市场刚刚有点开放,我在西门板桥一个农民处,用阿娘给我的一元钱买了三斤芋艿、一把小白菜。回来后,邻居围拢来看,都说"这小娘手脚介大""介勿做人家""介贵的东西也会买"。我记得,当时的工资水平,一个全职工人一个月也就三四十元。一般买菜也就是买几角钱吃好几天,哪有把一元钱一下子用完的,而且只买了两样菜(当时农民拿出来的东西不计配给,叫自由市场,但是价格比配给菜贵好几倍)。只有阿娘说我能干,夸我买得新鲜、买得得法,青菜配芋艿,煮出来既好看又好吃。

那天,我们祖孙俩的午饭是青菜煮芋艿作下饭,晚饭则是青菜芋艿汤饭。三年没吃得介饱,那天肚皮吃得滚圆。我边吃边乐,阿娘见我高兴,她就更高兴了,直说这一元钱花得值。我说,剩一点给阿娘第二天吃,阿娘却坚持要我带回家给我爸妈吃。

五十多年过去了,这件事我一直没忘,每次吃青菜芋艿这碗下饭时就会想起。阿娘和我这浓浓的祖孙情,永远暖在心田。

日子好过了,这吃芋艿的花样也多了。二十世纪九十年代初,我到北京出差,从小一起长大的小伙伴请我到一家开在胡同里不十分起眼的饭店吃饭,说是老板祖上出过宫里的公公,做的都是宫廷菜。

其中一道菜令我记忆犹新:端出来一盘菜,每人分一小碗,也没听清叫什么,好像是什么鸳鸯来着。只听见关照大家赶紧吃,凉了不好吃;又提醒大家慢点吃,当心烫着嘴。究竟是什么东西,到底是要紧着吃还是慢着吃,真是搞不懂!拿近了一看,一半白一半红,分明是个八卦图,闻着则有一股桂花香。

既然是宫廷菜,自然要细细品尝,一吃倒真是烫嘴,仔细一品,红的是豆沙,白的是芋泥。甜甜的,糯糯的,油沫沫的,香喷喷的,还真是好吃。

吃到一半,一个服务员过来介绍道:"豆沙用的是小赤豆,煮熟去壳放糖,用素油炒成沙;芋艿用的是奉化芋艿头(你看,古时皇帝也晓得奉化芋艿头好吃),蒸熟捣成泥,放白砂糖,用荤油(猪油、鸡油等动物油)炒,你们回家也可以试试。"一些吃过的顾客一听制作过程并不复杂,就回去做,但就是做不出他们这个味,所以又回到这家店来吃。不管是本城的还是外地的,吃过这道菜的人,都记得这味道,最后都成了他们的回头客。现在想想,店家介绍制作方法看似热情,实质上肯定有关键的手法没教给大家,这也是招揽客人的方法之一。

最近做《阿拉讲大道》生活节目，又在名厨处学了猪油渣芋艿羹、五花肉芋艿羹的做法，那味道也是上乘的。

有个中医朋友还教我：芋艿为碱性食物，可中和身体内积有的酸性物质。芋艿还有美容乌发、调补中气，促进食欲、助消化，治慢性肾炎，治无名肿毒，治荨麻疹、风疹、皮癣，治便秘、便血，帮助产后排恶露等功效。多煮芋艿粥给老人小孩吃，也是很好的。

芋艿上市时间长，易储存，最主要的是营养好，烹饪又方便，大家可以适当多吃一些呢！

老下饭和带鱼粥

从我记事起,阿娘就是一头银丝,裹着小脚,胖胖的身材,脸上始终挂着笑容。她勤劳能干,勤俭持家,虽并非大户人家出身,但气量大度。我们从小与阿娘同住,我姆妈贤惠宽容、态度随和,一切都听阿娘的。她们婆媳相处得极其融洽,亲戚都喜欢与她俩来往,邻居也都愿与她俩做好朋友,大小事情都愿与她俩商量讨主意。

特别是对邻里的几个孤寡老人,她们更是照顾有加,我一直"太公太婆"地叫他们,直到读初中才知道原来他们并非我家亲戚,而只是邻居。逢年过节,家里煮了好吃的,尤其是有新鲜时蔬进门,总要请他们来尝尝新。久而久之,养成习惯,一看见阿娘和姆妈在煮好吃的,我虽然还小,但请人的任务不用大人吩咐,总是主动抢先。东西还未煮好，客人已经请到，而这些客人无外就是邻居孤老。

吃的虽不是什么山珍海味，但阿娘煮的下饭和点心就是特别好吃。看似简单的清炖炖、白汆汆，讲究的就是原汁原味。鳝鱼糊辣、葱㸆鲫鱼、油爆河虾、黄鱼羹、咸菜笋丝年糕汤、下熟面、猪油汤团……其中豆沙䴭是阿娘最拿手的。

阿娘上灶头，姆妈烧火。阿娘讲凑，姆妈马上把火烧得旺旺的；阿娘讲退，姆妈马上把柴退出。邻居都说我家的下饭好吃，阿娘说是我姆妈火候掌握得好，姆妈说是阿娘分寸把握得准。

阿娘焐的带鱼粥堪称一绝。这是我阿娘独创的，我问过许多老宁波，他们都说没听过。我清晰地记得，阿娘叫姆妈把大灶里烧剩的柴炭退到灰缸里，炭火放在下面，上面用冷灰封住；米淘好后放在一只瓦罐里，米与水的比例要掌握好，过干过湿都不好吃，烧完饭退出的炭火焐到第二天早上，粥就非常稠了。这才是第一步。第二步是选好带鱼，带鱼一定要新鲜，括挺锃亮。鱼不能太小，太小了刺多，小孩不会吃；也不能太大，太大不易熟；选的带鱼要三指阔，去头尾，切成一寸宽。吃前半小时将带鱼焐入粥里，不能掏，否则会把鱼掏碎，若鱼刺散在粥里，吃起来就麻烦了。最关键的还是调料,葱花、姜末、细盐、酱油,根据个人喜好决定各种调料的多少。

现在煮带鱼粥就方便多了,用电饭煲把粥煲好,放入带鱼,再煮七八分钟,配齐调料即可。

现在一吃带鱼粥就想起阿娘,想阿娘了就煮带鱼粥吃。

吃　鱼

我们中国地大物博、水系丰富,内地有江有河有湖有塘,并有 3.2 万多千米的海岸线。有水便有鱼,吃鱼是中国人再平常不过的事了。要说吃鱼,我们宁波是数一数二的好地方。这里产的鱼肉质细腻、鲜嫩美味,而且鱼的品种繁多。常吃的海鱼有大黄鱼、小黄鱼、梅鱼、带鱼、鲳鳊鱼、马鲛鱼、比目鱼、鳓鱼、海鳗、橡皮鱼等,河鱼则有长江淡水与东海咸水交汇处特有的鲥鱼、刀鱼等,真是数不胜数。

阿拉宁波人对鱼有许多种吃法,这更增添了鱼的美味。清蒸——原汁原味;红烧——浓油赤酱;油炸——外酥里嫩。

大黄鱼可以说是鱼中之王。它鲜嫩的肉质无鱼可比,而且刺少,老少皆宜。宁波人传统的吃法是咸齑大汤黄鱼,这也是宁波百年老店状元楼的头道名菜。记得小辰光看我阿娘把黄鱼洗净,要先放在竹淘箩里晾一晾,那是防止鱼下油锅时水油不融,油爆出来烫着人,也是为了防止鱼脱皮。烧鱼最关键的就是鱼不能脱皮。(民间有传说,新媳妇过门第一次下厨,婆婆要考的就是看她煎鱼有没有脱皮。)平时我阿娘做人家(宁波话,意为很节约),炒菜时油用得少,但煎黄鱼时则会放得比较多,她说这也是为了防止黄鱼脱皮。阿娘还用大块生姜在油未下之前把铁镬擦一擦,这也是防鱼脱皮的小妙招。等油七八分热,鱼就可以下锅了,把鱼煎至金黄即可。阿娘给鱼翻身时非常小心,果然鱼没有脱皮。我对阿娘说,把鱼在油里氽一下好了,又快又不会脱皮。阿娘说不行,煎的鱼肉嫩,用油氽过的话,鱼肉发硬,就不好吃了。原来烧鱼的奥妙就在这里。

黄鱼两面煎黄,浇入料酒,一股香气扑鼻而来,放入三四片生姜后,加清水至把鱼没过(过年辰光,我阿娘会放入一半肉汁水),再在上面放入一些咸齑和笋丝。盖上镬盖,大火烧上五分钟光景,鱼就熟了。这时,阿娘总会拿出平时不大用的鱼盆来盛,再放上一个葱结。这咸齑大汤黄鱼,吃起来鱼肉嫩、汤汁鲜,带着咸齑的清香,真是人间美味。

大概是大黄鱼太好吃了，它们的繁殖与生长速度赶不上人们对它们的食用速度。现在捎到一条野生大黄鱼是稀奇事情了，它的市场价格十分昂贵。因此有人用形态相似的黄姑鱼（亦叫黄婆鸡）来冒充大黄鱼。那只能骗骗没有吃过大黄鱼的人，像我们这些吃大黄鱼长大的宁波人，是一吃就知道的。

不过小黄鱼、梅鱼现在还是比较普遍的，都能吃得到，以清蒸的吃法最佳。把鱼洗净，放少许料酒和几片生姜，在蒸之前倒入咸齑汁或鱼露。锅中水烧开以后，把鱼放进去隔水蒸。梅鱼蒸七八分钟，小黄鱼蒸十分钟。出锅就吃，这鱼一定要趁热吃，这样鱼肉嫩得入口就化。冷了就会有腥气，鱼肉也会发硬，尤其是鱼头里的鱼脑髓冷了会腥得吃不进嘴。每次吃鱼，阿娘总是一边吃一边说："头发拉牢，否则头发要鲜得掉落嘞。"小时候的我还真相信了阿娘说的话，每次吃鱼觉得味道很鲜，就总要摸摸头发看是否有掉落。

海鱼中比较受人们喜欢的还有带鱼。宁波人有句老话："带鱼吃肚皮，闲话讲道理。"带鱼的肚皮油沫沫，口感极好，而且一定要趁热吃。每年下半年，尤其是十一月、十二月，起西北风咧，地上有霜了，带鱼就旺市了，这时候的带鱼肉质肥厚，非常鲜美。带鱼有多种吃法：抱盐带鱼，就是在新鲜的带鱼上用海盐薄薄地抹一层，腌上半个小时到一个小时后，把盐洗掉，可以清蒸，也可以油煎。还有新风咸带鱼，挖掉鱼鳃、鱼肚肠，不用洗，直接腌，而且腌的时候要放上厚厚一层盐，过一两天后再放上一层盐，再过一两天，把盐洗净，就可以清蒸也可以油煎着吃了。因为盐放得多，鱼比较咸，肉质紧，吃起来鱼肉细细的，一丝一丝的。宁波人最喜欢用咸带鱼过泡饭、下粥。吃三大口泡饭，咬一点点咸带鱼，那才叫咸嘞嘞压饭榔头！也有船老大一捞上带鱼，就在船上腌，这才真正叫新风咸带鱼。

清蒸带鱼可以不刮鳞，这样口感才好，但是红烧带鱼则一定要把银色的鱼鳞刮掉，否则烧出来的带鱼糊糟糟，既不好看又不好吃。红烧带鱼前，一定要用酱油把洗干净的鱼浸一浸，而且一半鲜酱油一半老抽，这样烧出来的带鱼颜色才会红。浸半个小时后，拿出带鱼沥干，两面煎至半熟，再放料酒和生姜，浸带鱼的酱油可以在烧的时候再利用，稍微多放一点水，盖上锅盖煮五分钟。起锅前放一点糖，放一点葱。热的红烧带鱼固然好吃，但等冷了以后，鱼汤就结冻了，那就更好吃了。记得很小的时候，我阿娘就是把带鱼骨头剔掉，让带鱼肉和鱼汤冻在一起，给我拌饭吃。一调羹一口，吃得真美啊。后来我养女儿也是这样做给她吃的。此外，萝卜丝带鱼、白菜醋熘带鱼、风带鱼，都是宁波人特有的吃法。

　　清明时节，马鲛鱼从大海游到象山港来产卵，这个时候的马鲛鱼特别肥。马鲛鱼最常见的吃法就是抱盐清蒸或用咸齑煮，原汁原味，十分鲜美。用宁波人的老话来说就是"吃在嘴里，甜口鲜口"。象山港两岸，一边是象山丹城，一边是鄞州咸祥大嵩。渔民捕上马鲛鱼，自己是舍不得吃的，就是刚捕捞上来就放上冰块急忙往周边的城市送。尤其是我们宁波，距象山港近，鱼到宁波时眼睛铮亮，像玻璃一样，鱼背绿莹莹、肚皮雪雪白，整条鱼透着宝石才有的光亮。宁波人就有口福喽！但如果不是清明时节，马鲛鱼就没有鲜嫩味。这时人们就把马鲛鱼做成熏鱼吃，把它切成片浸在酱油中十到二十分钟，拿出晾干后油炸至外酥里嫩，切忌炸焦。还要做一道汁，用两个番茄、一个洋葱、两根大葱、一只灯椒、两只干辣椒、五瓣香叶、少量桂皮、一小把花椒、两块生姜、一个大蒜，以及两百克红醋、一百五十克陈醋、三百克黄酒。需要注意的是不能放水，将这些调料熬二十分钟左右，去掉渣后再放上两百克麦芽糖做成糖醋汁，然后把炸好的马鲛鱼浸在汁中两三分钟。关键是要把鱼炸好，汁熬好。热的鱼放在热的汁里，汁才会浸透到鱼肉里去，鱼肉才会着味。一口咬下去，汁水爆在鱼肉里，这美味恐怕只有宁波人才能体会。

鲳鱼，阿拉宁波人还称其为鲳鳊鱼，小的有大人一手掌大，大的有小脸盆大。尾短头小，牙细肉厚，各种做法都好吃，尤其适合老人、小孩吃。比目鱼，又称玉秃鱼，扁扁的鱼身，一面是粉色的，一面是褐色的，我们一般都把褐色的一面连皮剥掉。鱼蒸熟后出锅，放上切好的葱丝，浇上热油，那叫葱油玉秃鱼，这也是宁波常见的一种烹饪鱼的方法。鮸鱼，亦称米鱼，也是阿拉这一带海域的特产鱼类之一。只有东海产的鮸鱼才有鲜、嫩、细的口感。

海鳗，阿拉宁波人最多的吃法就是风鳗鲞，尤其是春节期间，家家户户都会买鲜海鳗风鲞。如鳗粗大，就在背上开刀，不用洗，整条鳗抹上盐，腌上一天就可用竹片撑开，在寒风中吹上三至五天。如鳗小，就在肚子上开刀，不用洗，在鳗上抹上盐，腌上半天后用绳子将鳗扎起来挂在通风处吹上一星期左右，两种方式都不可晒太阳。晒过太阳，海鳗会发油发红，口感就不好了。吃的时候隔水清蒸，浇上一点料酒，放几片生姜，蒸熟后一定要用手把鳗鲞顺着纹路撕成小块，并顺手把鱼刺清理掉。切忌用刀切，因为把鱼刺切断后，吃的时候就要应对这些小短刺，那是很煞风景的。阿拉宁波就有句老话："过年嘞，老酒喝喝，鳗鲞扒扒。"

宁波人常吃的，还有一种名叫鱼但不是鱼的，那就是墨鱼，也称乌贼。宁波十大名菜中就有红烧乌贼，俗称剥皮大烤，这是外地人来吃宁波菜必上的菜品。另外红酱豆腐做的乌贼燋肉也很有特色，把整块猪肉放在水里煮至八分熟，然后放入冰箱冷藏一两个小时，冷藏过的猪肉定型了，切起来方方正正的，切成宽约两厘米、长三四厘米的块状。乌贼也切成相应大小。然后把乌贼与猪肉放在炖锅里，放料酒、生姜、桂皮少许，稍翻炒后放入红腐乳露（超市有卖）和肉汁水，大火烧开后用中火烧半个小时。根据个人口味再加入两三块红酱豆腐乳（捣碎后下锅），文火炖一小时。猪肉不能煮得倒角无形，一来不好看，二来肉太烂则口感不好。最后在汤汁里加上两勺绵白糖，开大火收汁即可。猪肉乌贼起锅装盘后，上面一定要放一个葱结。红红的肉，白白的乌贼，翠绿的葱结，样子特别诱人。这肉有红酱豆腐的酱香味，又有乌贼的海鲜味，吃在嘴里糯糯的、软软的，特别美味。乌贼还可以与蔬菜一起炒，譬如芹菜炒乌贼、茄子炒乌贼、茭白炒乌贼、笋片香菇炒乌贼等。

  美味的海鱼经不起人们的"青睐"，现在每年五月至九月都会禁止捕鱼，让鱼儿也有个休养生息的时间。这段时间，我们只能吃冰冻的海鱼，那鲜味和口感与新鲜的（宁波人称为"热气的"）鱼没法比。没有新鲜的海鱼，我们还有河鱼吃。内河里的水是淡水，所以养的是淡水鱼。淡水鱼品种繁多，有鲢鱼、鳙鱼、鲤鱼、草鱼、青鱼、鲫鱼等。这淡水鱼的烹制更是五花八门，光是胖头鱼的鱼头就有干烧鱼头、香煎鱼嘴、鱼头豆腐煲、剁椒鱼头、鱼头氽豆腐等多种花样。此外，青鱼划水、葱爆鲫鱼、黄鳝糊辣等都是宁波名菜。

还有每年定时在初夏之际洄游到长江口淡水与咸水交汇处产卵的鲥鱼，尤为珍贵。鲥鱼肉细脂厚，味鲜腴美，含脂量较高，鱼鳞与鱼皮之间满含油脂，鲜味浓郁，营养丰富，蛋白质含量较其他鱼类更高。鱼鳞富含钙、铁、磷等矿物质，故烹制时"清蒸鲥鱼不刮鳞"，甚至可以把鱼鳞咀嚼后咽下。

长江口还有一种银鱼，长约五厘米，比竹筷还细，全身银白透明，在太阳下闪现银光，用来炒蛋非常美味。把银鱼放在蛋液中，放些许料酒和盐，撒一把葱花。最好用平底锅，锅里多放些油，热镬冷油，把蛋液连银鱼一同倒入锅中慢慢煎，不能炒，让蛋液凝结成饼状，待一面煎至金黄色，将另一面也煎成金黄色就可出锅食用了。蛋香鱼鲜，再撒上葱花，黄绿之间散发着醇厚的香味，美味无穷。

我生活在宁波，是正宗的宁波人，所以说起吃鱼头头是道。从很小的时候起，我阿娘就给我吃鱼，小小嘴巴，舌头的软（宁波话，形容舌头非常灵活），一弯两弯就把鱼刺都吐出来了。吃鱼嘛，鱼头、鱼尾以及鱼鳍边上的肉最为鲜嫩。在家吃饭，我肯定先把这些部位包了。到国外旅游，在餐馆吃鱼，厨师总要把鱼头、鱼尾连鱼鳍剔除掉，我是真正可惜煞。想来想去又舍不得，鼓起勇气把这些剔除掉的要回来，心里还嘀咕：外国人真不懂吃，这美味怎能丢弃。尤其是鱼头上的鱼脑、鱼嘴、鱼眼睛更加鲜美。哪怕是小梅鱼的鱼头，骨头再多我也是笃笃定定、慢慢悠悠地把它吃得干干净净。我在剧团工作时，下乡演出时吃的农家菜，一碗红烧鱼是少不了的。同事们嫌泥腥味重不喜欢吃，我不嫌，他们不吃我吃。我们下乡的人多，总有五六桌人吃饭，久而久之，就有五六碗红烧鱼都会拿来给我吃。

这几年，吃鱼头的水平下降了，去年下半年一个月里被鱼骨鲠了三次，只得连夜去医院挂急诊。后生医生拉住我的舌头看了许久看不出有鱼刺，就叫我去做CT，他说如果鱼骨鲠下去戳进血管、戳进肺里……那就不得了了。我被吓得胸闷，马上排队去做CT，折腾了好久还是看不出有鱼刺。医生叫我第二天去做喉镜，说在喉镜下能看清鱼刺究竟有没有，到底在哪里。我喉咙刺痛，难受了一整晚。第二天一早又去排队做喉镜。正排着长队无奈地等着,迎面走过来做节目时认识的专家女医生。我告诉她缘由后,她说让她看一下,就在看一下的几秒钟时间里,她用一把长长的弯头钳拔出了一根细细的约两厘米长的鱼刺。在连续几次被鱼刺鲠喉后,我吃鱼格外小心。虽然会被鱼刺鲠喉,但是美味的享受还是要继续的。

噢!我出去时经常有观众说我菜做得真好,其实我只是胆子大。有一次录制春节特别节目,我竟在状元楼、梅龙镇的大厨面前烧葱爆河鲫鱼,还得到了两位大厨好评。

虽然我从小看阿娘阿爸烧鱼,但毕竟操作少。现在在《阿拉讲大道》节目,两位大厨经常来给观众传授宁波名菜的做法,我也在旁边认真学习,取得了不少真经。

但真要烧鱼烧得好吃,也不是一件容易的事。我也知道,我只是说得比做得好!

将 补

立冬一过,预示着冬季到来了,将补的最佳时间也到了。宁波的老人将冬令进补称为将补。小时候就听我阿娘讲,冬天是将补的好时候。

春生夏长,秋收冬藏。人们经过春、夏、秋三季,消耗很大,身上的油也快榨干了,寒冷的冬天即将来到,为了抵御冬天的严寒,也为来年养精蓄锐,人们就需要补充元气。冬天汗出得少,更容易将能量存储起来,将营养贮藏起来,此时将补有利于把精华物质储存在体内,这就叫冬藏。不管是身体虚弱有慢性病的人,还是身体壮实的人,都可在冬季将补。我听阿娘讲过:今年冬天要将补,来年上山打老虎。

一讲将补,我阿娘就讲膏子药交关灵,我想这就是现在冬令很流行的膏方吧。听老一辈人讲,宁波中医范文甫的膏子药是最有名的膏子药之一。但膏子药也不是什么人都可以吃的，太壮的人不用吃，太虚的人也不能吃。医生很认真，要仔细地诊脉，一人一方，细细炖，慢慢熬。不要说我那时候年纪小不能吃，连姆妈那时三四十岁了也不能随便吃，最多就是喝点中药调理一下。但阿娘会做我们能吃的将补食品——黑枣嵌胡桃。阿娘把黑枣洗干净，将核挖掉，敲开胡桃，把肉剥出，但不能把胡桃肉剥碎，把半只胡桃肉夹在挖出核的黑枣里包牢。这样一只一只做好，放在碗里，然后放在大灶饭镬里蒸，蒸过两遍，放凉了以后就可以吃了。黑枣嵌胡桃，男人、女人、小孩都能吃，且味道很好。小孩上午吃两只，下午吃两只，即一天吃四只；大人上午吃四只，下午吃四只，即一天吃八只。不能多吃，怕不消化，而且吃多了人体也吸收不了。

宁波人的寻常补品还有许多，比如黑芝麻拌胡桃。芝麻炒熟后碾碎，拌入白砂糖，可以干吃，也可老酒冲蛋。阿娘讲吃了这芝麻以后头发乌黑锃亮，而胡桃是补腰的。

黑枣蒸熟后也可以泡在黄酒里，一次吃上一杯黄酒、六只黑枣，也是很将补的。

一般家庭自己整制的膏子药也就是阿胶浸芝麻、胡桃、桂圆。阿胶买来，要在家里放三年以上才能吃，阿娘讲刚刚买来的阿胶火气太大，不能马上吃，否则来年夏天要生热痱子。阿胶用纯黄酒浸软，放在瓦饭盂里隔水蒸，把阿胶蒸得完全融化在黄酒里，然后放入碾碎的芝麻、胡桃、桂圆、黄糖，再蒸上一个小时，等到放凉以后贮藏起来。要吃的时候再拿出来，用开水冲服。我阿娘说产后的女人、三四十岁后贫血体虚的女人这样将补更为适宜。

冬至前后将补，还可以吃人参。虽然人参是将补中的极品，但什么样的人吃什么样的参都要经中医诊断。吃得不恰当就会出鼻血。我姆妈四十多岁时，阿娘给她吃过别直参，即六片人参、七只桂圆，放一点冰糖，隔水蒸，第一次把参汤喝了，第二次连人参桂圆都吃了，连吃七天算是大补。

小孩子是不能随便吃人参等补品的。阿娘讲小人太补了要僵落的，人就不会长高了，且会提早发育，小娘会长得横阔大，小顽会提早出胡须，讲话杠杠响。小孩只能在三岁半的冬天以及十三四岁要发育时吃一点最低等的参须汤，那叫"接接力，拔拔长"。

小孩子胃口不好，饭又不肯吃，人很瘦。买一斤桂圆，每天拿五六个炖，只给小孩喝汤。我小时候胃口小，阿娘给我喝过，我女儿小时候不肯吃饭，我也给她喝过。喝了真的有用，能开胃，小孩饭也要吃了。如果怕桂圆火气大，可以放点西洋参一起炖。

冬天将补,我还是比较相信的。二十多岁的时候,我由于一次严重的胃出血,身体较虚弱,非常怕冷。白天两件毛衣一件棉袄,再加一件棉大衣,重得两肩像挑了担子;晚上焐着两只热水袋,盖两条厚棉被,压得人直做噩梦。可即便是这样,我还是怕冷。那年冬天,我吃了从吉林带来的鹿胎膏将补了一下,就没那么怕冷了。白天只穿一件毛衣一件棉袄,晚上只盖一条被子,热水袋也少冲了一只,人也不感觉冷了。第二年夏天,我还变得很怕热,头颈上长出许多痱子。

再说演戏也是一件体力活,没有好的体力,中气不足是不行的。那年我在甬剧团创作的大戏《三篙恨》中饰演女主角白玉凤,开场要表演白玉凤被坏人打落江中,被洪水席卷,在大浪里翻滚,有大量的戏曲动作:枪背、蹦子、串翻身等。在长达三个小时的表演中,我边翻边舞、边哭边诉、边唱边演。不仅动作戏多,而且几百句唱腔,要求字正腔圆不走调,更要表演出甬剧特色,这也是很需要体力的。连续三十天的演出,除了靠演技、靠毅力,还靠将补。我爸天天用清蒸河鳗、甲鱼给我当下饭,演出中途雷打不动一杯冰糖白木耳,这让我有了强壮的体力,圆满地完成了演出任务,后来还参加省里的调演,取得了好成绩。所以将补得当、适时，还是很有好处的，而且是事半功倍。

最近有人跟我说，吃胖头鱼，对治疗耳鸣、头晕目眩有一定的作用；吃豆制品，对更年期的女性有增加雌激素的作用。我试了一下，效果真的不错。

小时候我还经常听阿娘讲："冬吃萝卜赛人参。""萝卜上市，名医无事。"白萝卜是很多普通家庭冬季餐桌上不可缺少的下饭，宁波人经常吃的有萝卜丝炒虾皮、萝卜红烧带鱼、萝卜片炒猪肝、糖醋萝卜、酱萝卜、清蒸白萝卜、萝卜炖羊肉汤……选择吃萝卜，是因为萝卜可助消化，去痰癖，止咳嗽，清虚火，解热毒，利脾胃，益中气，所以冬季吃白萝卜可以降低血脂、软化血管、稳定血压，预防冠心病、动脉硬化、胆石症等疾病。白萝卜还因为含有纤维木质素、糖化醇素，具有较好的抗癌防癌作用，生吃白萝卜效果最好。但萝卜性寒，先兆流产及十二指肠溃疡、甲状腺肿瘤的患者应当慎用。还有服人参、西洋参者也要忌吃萝卜，自古就有"萝卜戒人参"的说法。

现在整个社会进步了，学习工作压力也大了，老年人、年轻人、小孩子都应该有适量的将补。我有一个很要好的医生朋友提醒我，药补不如食补，食补更加方便、更加安全。根据不同的体质，可用平补、温补、清补、温散等不同的食补方法。

当然再好的东西也要有节制,多吃乱吃吃坏了身体,那就事与愿违了。将补还是要讲科学的,要在医生专家的指导下进行。积极锻炼,适量运动,避风寒,宜心畅,重睡眠,慎滋补,调饮食,这些才是最好的将补。

丁四子

丁四子是阿拉宁波人独有的叫法,它的学名叫蟋蟀。一到秋天,尤其是深秋的早晚时间,房前屋后的乱砖堆、泥土地里,丁四子"曜曜曜、曜曜曜"地叫个不停。那是雄虫儿在叫,雌虫儿是不会叫的。但雌雄在一起时,则会发出"扎铃、扎铃"的叫声,被人们称作"弹琴",真是好听。现在虽然都居住在水泥大屋里,但小区的花园里,到了秋天依然能听见丁四子的叫声。听到这天籁,真是令人身心愉悦。

国庆节去看我的阿叔。阿叔只比我大十岁,我从小就是他的"尾巴"。与他说起儿时跟着他捉丁四子的往事,阿叔顿时打开了话匣子,忘记了自己的年龄,仿佛回到了十几岁的孩提时光。

多少年前,捉丁四子玩是宁波小顽最喜欢的活动之一。

阿叔说，他曾为之起早落夜，废寝忘食，也曾因此遭到父母的责骂，但回想起童年往事，还是乐在其中。从阿叔的眼神中，我仿佛看到深秋的早晨，露珠滴滴，凉意丝丝，丁四子的叫声弥漫在空气里，叫得小顽心儿欢，叫得小顽脚底痒，叫得小顽睡不着又坐不住，叫得小顽读书无心、吃饭无味，只想去捉这叫丁四子的虫儿。阿叔自豪地说，当时阿娘家附近玩丁四子的十几岁小顽当中，他算是一把好手。

玩丁四子，首先要会捉丁四子。那么丁四子又藏在哪里呢？怎样可以抓到它呢？丁四子一般雌雄成对地藏在野外的乱石堆里、泥土地里，也有些会躲在砖墙缝里和石板底下。捉石堆里的丁四子，采用的方法是，先扫清外围，再层层剥离，最后直捣巢穴，但这样往往耗时较多。捉土堆里的丁四子，首先要看清穴窝的位置和它的活动通道，然后堵住通道一头，在另一头用小棒驱赶，以此来降伏它。对付砖缝里的丁四子，一般用水攻的方法，一脸盆水泼进去，就能将丁四子从里面赶出来了。石板底下的呢，只能两人配合，轻轻翻起石板去捉，否则丁四子会逃走，自己的手脚也可能会被石板压伤。

玩丁四子，还要学会养它。捉来的丁四子有的养在竹笼子里，有的养在陶罐或瓷罐里。竹笼可以自己制作，取粗三四厘米的竹棒，以五厘米左右长为一格，在中间用铁皮作闸门,将它隔成若干节。怪不得阿娘的竹扫帚柄短了一大截,原来都被阿叔割下来做丁四子笼了。丁四子不管养在哪里,有几个生活条件是必须具备的,如空气、饮水、食物,缺一不可。丁四子最喜欢吃的食物为南瓜、毛豆子、饭米碎。

捉和养丁四子的目的都是为了玩,而玩丁四子主要是斗它。雄性丁四子好斗,容不得同性在一个窝内,人们就利用丁四子的这个特性,让雄性丁四子之间进行打斗,以达到观赏、娱乐的目的。阿叔经常与他的小伙伴们斗丁四子,他们将两只雄性丁四子放入一个陶罐内,用软草分别引得它们振翅高鸣。两只丁四子立刻张牙舞爪地对攻起来,这样攻上几个甚至几十个回合,胜者义无反顾,不断追咬,败者不屑一顾,落荒而逃,然后胜者高鸣不已,似骄傲的宣言。但真正的胜者、乐者还是指挥这场打斗的小顽们。

阿叔上学去之前,会将竹笼放在高高的窗台上,丁四子们总是叫得特别响亮,弹琴弹得特别动听。我禁不住拿来小矮凳爬上去,打开笼子,想看个究竟。不料,一开盖子,丁四子就跳了出来,它逃我追,瞬间丁四子钻到地驳里、水缸下……噢!阿叔在五十年后才知道,他辛苦捉来的丁四子是被我放掉的。哈!哈!哈!

记忆中的河埠头

我自幼生活在城市里,但地处江南水乡,大小河道纵横交错,高高低低、长长短短、宽宽窄窄的河埠头也算见过不少。

小时候,我们一家跟着阿娘住在西门板桥汪弄前莫家漕。汪弄外宽宽的北斗河、西塘河是通往西乡的主要航道,河道两边就修了许多能停泊船只的埠头。运往乡村的农用物资、生活用品,从农村运来城市的粮食、蔬菜、农副产品,都在运河埠头下船上岸。

西门口航船埠头是物资运输、人来客往的集散地,去往南边的有濠河头,去往东乡的有新河头、下河头……我参加工作后,随甬剧团下乡演出,就在这些河埠头乘过航船,当年的航船就相当于现在的公交车、长途车。

最早的时候,船是人摇的,摇到目的地要好几个钟头。说起摇船,我小时候还听说过一件真实的趣事。一年春夏之交,隔壁婆婆的一位娘家人准备来宁波城里卖菜,顺带走亲戚、买东西。凌晨,时钟刚敲过一点,这人的老婆就煮好早饭叫他起床赶路。他吃好早饭匆匆上船,一上船就用力摇,心想摇得快点,卖了菜,看了阿姑,去源康布店替老婆买块布料……可真奇怪,到宁波这条水路他已走过许多遍,好像要过几座桥的,今天怎么还没过呢?正想着,前面隐隐约约有一个女人走过来,等她走近了,他开口就问:"阿嫂,侬介早啊!这里是什么村?到宁波去是走这条河吗?"怕对方没听清,又叫了一声"阿嫂"。不料,对方把手里的东西往地上一摔,开口就骂:"浮尸!你还没去宁波?!阿嫂?!啥人是你阿嫂!我是你老婆!我还是你阿娘!!"这时天已蒙蒙亮,他仔细一看,船缆绳还系在河埠头桩绳的圆孔上。

我工作时已经是二十世纪七十年代,那时的航船已经用柴油机马达作为动力,但每次下乡去演出,还是要乘上两三个小时。一些年轻男演员实在坐不住,一看船驶进较窄的河道,就跳上岸边的河埠头,顺着河边纤道跟着跑,一会儿没有纤道了,又跳上船来。有一次,一个男演员回船后,用衬衣包住一个圆圆的物件并拿到一圆圆脸的女演员面前,假惺惺地要把这东西"献"给她。大家以

《记忆中的河埠头》
何业琦/绘

河道两边就修了许多能停泊船只的埠头。运往乡村的农用物资、生活用品,从农村运来城市的粮食、蔬菜、农副产品,都在运河埠头下船上岸。

为他刚到农田里去摘了西瓜、脆瓜之类的，来讨姑娘欢心。只见他单膝跪地，用王洛宾的情歌旋律唱道："芳芳呀芳芳，我心爱的姑娘，我送给你一只大南瓜呀，你一定要收下。"因为那姑娘有点胖，宁波人称胖女人为"南瓜阿姆"，拿南瓜来送给她，是取笑她像南瓜一样圆。大家一阵哄笑，那姑娘则委屈得直掉眼泪。

小河支流的河埠头样式繁多。沿河的人家，后门开出就是私家河埠头，一块石板两级台阶，就可洗洗刷刷了。而公用的河埠头稍大一点，有的还是用比较考究的长石板铺就的。

附近的居民一早就到河埠头挑水，挑来的水是要吃的，经一夜沉淀，河水至清。也有人在这里洗衣洗被、洗菜淘米。根据水流走向，洗吃的在上游，往下是洗衣的，最下游是刷马桶、倒夜壶的。我姆妈喜欢在河里洗被头、洗帐子，在家里擦好肥皂，到河埠头用棒槌捶捶，然后撒出去，在河里透几透，被头帐子就清爽雪白了。

嬷嬷阿婶、大姐小姑最喜欢到河埠头，借洗衣淘米之际，说说笑笑，嘻嘻哈哈。有句老话："念佛堂里说媳妇，河埠头上讲阿婆。"婆媳关系是河埠头永恒的主题：阿婆说媳妇如何笨、如何懒、如何不听话，自己图如何聪明、如何勤快、如何孝顺；媳妇讲阿婆如何凶，自己阿姆如何好……有人在讲有人在听，也有许多新闻、笑话在这里传播，给寂寞的时光增添些许乐趣。

小孩喜欢去河埠头玩。走屙缸棋，玩厌了，就下河捕河鳅、摸蛳螺、钓差鱼。会游泳的在河里"刹公"；不会游泳的，拿出门板、脚桶，到河埠头划划水。我阿叔小时候经常去河里游玩，称不上浪里白条，也算是游泳好手，经常捕些小鱼小虾回来。阿娘很自豪，总是笑着对邻居说我阿叔真"活络"。有一年梅季里，天闷气压低，河虾都跳到河埠头上来了。我姆妈去淘米，抓上来一箩的虾。从此，我到河埠头去，总是带着一只空淘箩，但一次也没碰到过姆妈那样的好运气。

现在，河埠头少了，偶尔到近郊农村去，看见河埠头，依然感到格外亲切。

LIAO

LIAO

JIUSU

清　明

"清明时节雨纷纷,路上行人欲断魂。借问酒家何处有?牧童遥指杏花村。"这首诗我刚上小学一年级,妈妈就教我,女儿刚学会说话,我就教她。这是唐代诗人杜牧的诗《清明》,描绘了清明时节的景象。

清明一般在每年4月4日至4月6日的其中一天,是我国二十四节气中很重要的一个节气。节气是我国时令顺序的标志,客观地显示了一年四季的气温、降雨、物候等的变化,人们以此来安排农事。清明一到,气温升高,大地转暖,雨量增多,万物滋润,正是春耕春种的大好时节。自古就有"清明前后,种瓜点豆""植树造林,莫过清明"的谚语。与其他纯粹的节气不同,清明作为节日又有着深刻的含义,它包含着一定的风俗活动和特殊的纪念意义。

清明节是我国的传统节日之一,至今已有两千五百多年的历史。相传,春秋时期王侯晋献公之子晋文公在落难之时差点饿死。有一忠臣叫介子推,割下自己腿上的一大块肉,用火烤熟后,送给他吃,救了他的性命。十九年后,晋文公登上王位,对曾与他同甘共苦的臣子大加封赏,唯独介子推躲开尘世带着老母亲住进了深山。有人给晋文公出主意,建议放火烧山,三面点火,留下一方,这样大火一烧,介子推自然就走出来了。于是晋文公听谏,下令烧山三天三夜。不料,介子推抱着老母亲,宁可烧死也不肯出来。最后,晋文公在一棵烧焦的大柳树下找到了介子推和他母亲的遗体,并在大柳树的树洞里发现了介子推扯下衣襟写下的血诗:"割肉奉君尽丹心,但愿主公常清明。"晋文公含泪命人把介子推和他母亲葬在了那棵烧焦的大柳树下。为了纪念介子推,晋文公告知天下,把放火烧山的这一天定为寒食节。从此这天禁忌烟火,只吃寒食。第二年三月初三,晋文公领着群臣,素服徒步登山祭奠。行至墓前,只见那棵烧焦的老柳树复活了,绿枝千条迎风飞舞。他折了一根柳枝编成圈后戴在头上。为了纪念介子推,不负这位忠臣的厚望,又为了鞭策自己勤政清明、励精图治,晋文公把那死而复生的柳树赐名为"清明柳",同时把这天定为"清明节"。此后寒食、清明成了民间的隆重节日。因为这两个节日挨得很近,老百姓便把两个节日合起来过,寒食也就成了清明的别称。每年清明,人们把柳条串起来插在门上,也会围成圈戴在头上,这还有辟邪一说。不生火做饭,只吃冷食也就成了清明时节的民间风俗。

自古以来,清明节既有祭扫先人坟墓时生死别离的悲痛心酸,又有踏青春游玩耍时的欢声笑语,是一很有特色的节日。

按照旧时习俗,清明节是一个重要的祭祖、扫墓的日子。宁波人上坟时,老辈人会在先人坟前点起香烛,说这样便能让先人知道后辈们前来瞻仰了。上坟要带上纸钱(宁波人称之为锡箔)、酒、菜、水果、干点、油包、青团供祭亲人。这些供品都是前一天做好的,因为清明这一天是不能动烟火的,只吃冷食。接着人们给坟墓培上新土,折下嫩绿的新枝和鲜花插在坟上,然后向祖宗先人叩头祭拜,最后烧了锡箔,吃了酒食,把剩下的供品送给坟亲(看墓的人)便回家了。

清明节正值万物复苏、草木萌发、春回大地的季节,人间处处呈现一派生机勃勃的好景象,正是踏青春游的好时节。人们的娱乐生活也丰富多彩。

譬如荡秋千,人们会把绳索挂在大树上,加上踏板做成秋千,深受孩子们及男女青年的喜爱。

放鹞子。清明时节放鹞子与平日不一样,人们不仅白天放,夜间也放。夜间放的鹞子还点上灯烛,被称为神灯。鹞子升到天空中时,人们便剪断牵线,任清风把鹞子送往天涯海角,以此祈求祛病消灾,给人们带来好运。

插柳。民间有一种说法,说是为了纪念农事祖师神农氏,把柳条插在屋檐下以求风调雨顺。另一种说法是清明也是鬼节,人们为了防鬼侵扰迫害,插柳戴柳条圈以辟邪、驱鬼。

清明时节,人们还喜欢开展植树、斗鸡、拔河、打马球等活动,除了开展丰富的娱乐活动,家家都要做青团,亦称清明果。人们从田野里采得新鲜的艾叶,在清水中氽熟洗净涩味,揉入蒸熟的糯米粉中,嵌入豆沙或黄豆馅。青团油绿如玉,糯韧绵软,清香扑鼻,甜而不腻。青团还是上坟扫墓、祭奠祖先和送给亲朋好友的必备佳品。青青团子不仅寄托着对祖宗先人的尊敬,还含着对亲友浓浓的情思。那青青绿绿、软软糯糯的清明果入口之时,心底便涌起无限的乡思和甜甜的回忆。

立　夏

立夏，和立春、立秋、立冬一样，是标志四季开始的日子。

春天种下的地作，到了立夏时节便陆陆续续上市了：倭豆、罗汉豆、苋菜、乌笋、枇杷，海鲜和河鲜也数不胜数。江浙一带有立夏尝新的风俗，宁波人吃得更加丰富多样：倭豆糯米饭、茶叶蛋、松花蛋、苋菜黄鱼羹、君踏菜、脚骨笋……每一样，宁波人都有特殊的吃法和说法。

倭豆糯米饭是家家都要吃的。我姆妈是乍浦人，从小长在上海，所以我们家里的倭豆糯米饭融入了异地的元素。除了必放的糯米和倭豆，还加入了鲜肉、腊肉、嫩笋尖；而且最好是用柴火在铁锅、大灶里烧，那就更香、更好吃了。

君踏菜性凉、味涩，宁波人喜欢用咸齑露燸燸吃。小时候我不太喜欢吃，可是阿娘对我说，吃了君踏菜可以消暑解毒，到了夏天就不会生痱子了。还真是，吃了君踏菜，我确实没有生过痱子。现在看见君踏菜，我都要买来吃。

脚骨笋是选用食指粗的乌笋，切成三四寸长，用酱油焖煮。煮法没有什么特别的，但吃法是有讲究的。吃的时候大人会再三关照小孩，一定要拣两根长短粗细一样的笋一同吃下，这意味着两只脚骨都健健过。如果两根笋不一样长，则日后会脚高脚低，特别是女孩子最忌讳被人说脚高脚低。因为宁波老话里，脚高脚低的意思就是十三点，哪个姑娘都不愿意成为那多一点、缺一根筋的女人。

说到这里，童年趣事涌现眼前。儿时，立夏那日一早起来，阿娘就会给我系立夏头绳。立夏头绳是用五彩的丝线、花线编成的，系在手腕上，套在头颈上。小姑娘最喜欢这种漂亮的立夏头绳，说不上为什么，只是觉得好看。立夏还有称人的习俗。称老人和小孩的大秤挂在大树上，可以在屋外称，一边称人一边要说"称人称猪猡，称只小猪猡"。意思是人像猪猡一样壮，小人像小猪一样贱，寓意孩子好养，养得快。女人的体重不能轻易让人知道，所以女人称重量要在屋里，大秤挂在房梁上。按民间的说法，在这一天称过重量之后，就不怕炎热的夏季病灾缠身，不会疰夏，不会消瘦。

紧接着,阿娘会给我吃精心煮好的茶叶蛋。阿拉宁波人煮茶叶蛋是很考究的,鸡蛋鸭蛋,只只都是精挑细选过的,洗净煮熟,然后用红茶末、胡桃壳、肉骨头焐上一夜。鸡蛋的壳要轻轻敲碎,这样味道才可以煮进去,香喷喷,油沫沫,咸滋滋,味道交关好。但鸭蛋一般是不敲碎的,一来让小孩挂在胸前以辟邪,二来好让小孩子拄蛋玩。

阿娘用彩线做好蛋套,挑大的、无破损的蛋挂在我胸前。小时候,我无数次地问阿娘:为啥立夏要吃茶叶蛋?为啥要把蛋挂在胸前?阿娘便会一次一次地告诉我,茶叶是先生吃的,旧时有知识、有身份的人被称为先生,所以吃了茶叶煮成的蛋将来就能当先生。阿娘还说,小人吃蛋白,脸孔就会像剥出的鸭蛋一样白,一样好看;吃蛋黄补脑,脑子灵,记性好,会读书。蛋挂在胸前则是为了避赶瘟神。

相传,入冬以来瘟神一直沉睡着,直至立夏日方才醒过来。它一醒来,就找孩童散布瘟疫。玉皇大帝闻讯赶来呵斥瘟神,不准其为难孩童,约定立夏之日凡胸前挂着蛋的孩童一律不许伤害,瘟神只得无奈答应。所以立夏这天,每家大人都要挑选完整无损的个头大的茶叶蛋挂在孩子胸前,且一整天不许取下,这个习俗一直沿传至今。

但对小孩来说,最有趣的还是拄蛋。拄蛋是有窍门的。

茶叶蛋要选鸭蛋煮,蛋壳要完好无损的,最好是青壳鸭蛋,蛋壳厚,不容易破。拄蛋的时候,握蛋也是有讲究的,蛋用手握住,不能露出太多,拄蛋的速度要快,用力要均匀。拄蛋还有一个最重要的诀窍,就是要分清蛋的大小头。蛋的大头是空的,一拄就破,因此拄蛋一定要用小头。

也有拄蛋赖皮的,把蛋握在手心里,还未说开始就迅速地用大拇指骨关节拄上去。因为速度快,对方只知道自己的蛋被拄破了,却不知道是怎么破的,所以只好认输。上学的时候,课间一个个轮着拄蛋,最后一个蛋没有破的人就是"拄蛋大王"了。这一天,"拄蛋大王"会被所有的孩子追捧着,大家都很羡慕他,都在心里默默想着明年一定要叫家里的大人煮一个拄不破的茶叶蛋。

写到这里,我已经馋得坐不住了,得赶紧去买一斤鸡蛋来,煮上一锅茶叶蛋。

端　午

农历五月初五端午节,又称端阳节、诗人节、孝节、蒲节、天中节、沐兰节、女儿节、小儿节、午日节、浴兰节、艾节等。端午节是中国人十分重视的节日之一。端午节经国务院批准成为国家级非物质文化遗产。

关于端午节的由来,有说是为了纪念屈原、纪念伍子胥、纪念曹娥,有说起于夏至节,也有说源于吴越民族图腾祭等,各有各说。但千百年来,屈原的爱国精神和感人诗赋的影响最广、最深。从我上小学时,老师就给我们讲授屈原的故事,随着年龄的增长,屈原的精神更是永驻人心。据《史记》记载,屈原是战国时期楚国的大臣,他倡导举贤授能、富国强兵,也力主联齐抗秦,但遭到一部分贵族的强烈反对,遭谗去职,被逐流放。其间写下的《离骚》《天问》《九歌》等不朽诗篇,影响深远。后秦军攻破楚京都,屈原眼看自己的祖国被侵,心急如焚。他不忍舍弃自己的祖国,于五月初五写下绝笔《怀沙》,抱石投江,用自己火热的生命为后人写下了永不磨灭的爱国主义诗篇。屈原死后,楚国百姓悲痛欲绝,渔夫们划着船只在江上来回打捞;人们还将饭团、鸡蛋等丢进江里喂鱼虾,把雄黄酒倒进江里,希望蛟龙水怪喝醉后就不会伤害屈原的身体了。千百年来,人们逐渐形成了每年五月初五赛龙舟、吃粽子、喝雄黄酒的习俗,意在纪念伟大的爱国诗人屈原。

也有传说,端午是为了纪念东汉时救父投江的孝女曹娥。曹娥是东汉上虞人,父溺于江中,数日不见尸体。当时曹娥年仅十四岁,昼夜沿江哭号,过了十七天,在五月初五那天投江,五日后抱出父尸,故称曹娥为孝女。为纪念曹娥,亦把五月初五称为孝节。曹娥居住的镇叫曹娥镇,投的那条江叫曹娥江。那东汉上虞就是现今浙江绍兴上虞地区,从宁波往杭州的路上必经曹娥镇、曹娥江,这似乎一下子拉近了我们与这千百年流传下来的传说之间的距离。

我到剧团工作后,听老一辈人说,端午节还有一个习俗,就是每年五月初五都要演《白蛇传》,老百姓都会来看这个戏。那是为啥?我仔细琢磨过《白蛇传》:宋朝时镇江市的白素贞是修炼千年的蛇妖,为了报答许仙前世的救命之恩,化作人形欲报恩,后与青蛇小青结伴。白素贞施展法力,巧施妙计与许仙相识并嫁给了他,他们婚后生活幸福。金山寺的和尚法海对许仙讲白素贞是蛇妖,许仙将信将疑,后来按照法海的办法,在五月初五端午节那天让白素贞喝下雄黄酒,使白素贞现出原形,许仙就这样被吓死了。白素贞上天庭盗取仙草灵芝将许仙救活,法海将许仙骗至金山寺软禁,白蛇与青蛇一起和法海斗法。水漫金山寺,却因此伤害了其他生灵。白素贞触犯天条,在生下孩子后被法海收入钵内,镇压在雷峰塔下。后来白素贞的儿子许仕林长大后得中状元,到塔前祭母,将母亲救出,全家团聚。呵!关键是五月初五白蛇喝了雄黄酒现了原形,所以人们要在端午节这天演《白蛇传》。《断桥相会》《水漫金山》《盗仙草》等,都是剧中的经典段子。

记得刚进甬剧团,我们与京剧团的女演员一起练功,也练过《盗仙草》中的一些高难度动作。剧中灵芝草生长在高山的半山腰,需要演员站在高台上向后下腰,用嘴咬到草再缓缓站起来。当时我们是站在乒乓台上,再放一张八仙桌来练习的,虽然练得很辛苦,倒也是人人都过关。

端午那天赛龙舟、吃粽子纪念屈原;门上悬挂艾叶菖蒲,门后贴挂钟馗像;小孩子额头上用雄黄酒写个"王"

字，意思是盛夏即将来临，蛇虫八脚都要飞出来或爬出来，要驱瘟辟邪。但老人关照，"吃了端午粽，还要冻三冻，寒衣不可远远送"，这个时候的天气变化大，寒暑交替要注意冷热，尤其是老人和小孩。

端午还流行吃"五黄"，即黄酒、黄鱼、黄鳝、黄瓜和咸蛋黄。出嫁的女儿都要在端午那天同丈夫一起回娘家。女婿送老丈人的礼物中，黄酒、黄鱼、粽子，那是必备的。乌贼也是在这个时节旺潮的，所以民间还有这样的谚语："端午望丈人，黄鱼乌贼老酒挑。"

宁波人最喜欢也最拿手的是裹碱水粽、赤豆粽、红枣粽。碱水粽最难裹，但也最好吃，糯米中加入适量的碱水。文章就在于碱水要适量，多了葛辣辣，少了淡刮刮；适量的碱化在水里后，把糯米拌匀，用老黄箬壳裹扎。裹扎也是有讲究的，要扎得紧，但又不能太紧。太松了，糯米散落就变成吃碱水粥了；太紧了，粽子太硬不好吃！裹好的粽子放入水中，用悠火煮上五六个小时。煮熟后的粽米色泽金黄，口感的糯，用绵白糖揾揾吃，这味道只有一个字——"赞"！如果非要用两个字，那就是"蛮赞"！三个字的话，就是"交关赞"！

《立夏》
何业琦／绘

这一天,"拄蛋大王"会被所有的孩子追捧着,大家都很羡慕他,都在心里默默想着明年一定要叫家里的大人煮一个拄不破的茶叶蛋。

闲话中秋

"头抬起来看看月亮,头低落去忖忖屋里。"这是我女儿三岁去幼儿园面试,老师提问对诗仙李白"举头望明月,低头思故乡"诗句的理解时,她的回答。当时幼儿园老师都感到很奇怪,小小人儿怎么会有如此想法。我也感到惘然,我并没有教过她。前几天与女儿在网上聊天时谈起此事,远在他乡读书多年的女儿说:"现在我正用心体会,用思念诠释儿时对伟大诗句深刻含义的认识。"多少年过去了,怎么突然说起此事了呢?呵!因为一年一度的中秋节到了,每逢佳节倍思亲。

每年的农历八月十五,是传统的中秋佳节。中秋节和春节、清明、端午并称为中华民族四大佳节。

八月十五的满月比其他几个月的月亮更圆,更明亮。中秋节又称团圆节,自古以来人们把圆月视为团圆的象征。人们仰望着天空中如盘似玉的朗朗明月，期盼着家人团聚。远在他乡的游子也仰望着夜空中高悬的一轮明月，寄托自己对故乡和亲人的思念。

我自幼知道宁波人中秋节不过八月十五，而是过八月十六，因为有"十五的月亮十六圆"的说法。据说南宋宁宗时，有位宰相叫史弥远，是明州人，也就是现在的宁波人。有一年中秋前夕，史宰相因朝廷公务繁忙，眼看中秋将至，骑马急急赶回明州，拜见老母，并与家乡百姓共度中秋佳节。行至中途，马失前蹄，坐骑受伤，只能夜宿绍兴。赶到明州时已是第二天八月十六。史宰相心中非常懊恼，年年与民同乐，今年却不能了。谁知，明州百姓在八月十五那天从早盼到晚，不见史宰相回来，便未过中秋节。直到八月十六，看到史宰相赶到，人们才一起共庆中秋节。从此明州百姓把中秋节定在八月十六日，一直延续到今日。

近日，我又耳闻一个新的传说。说是元朝有一名叫方国珍的黄岩人，在朝廷为官，是个大孝子。其母虔诚信佛，每逢初一、月半必定要吃素。为了过节时能让母亲也吃上鱼肉鸡蛋等荤腥大菜、美味佳肴，他特地将正月十五元宵节提前一天过，将八月十五中秋节延迟一天过，故改中秋节为八月十六。在他治理下的甬、台、温三地，人们都在八月十六日过中秋节。

吃月饼是与中秋赏月、拜月一样不可缺少的习俗。记得儿时,月下红烛高烧,阿娘带领全家拜祭月亮,祈求月神的保佑。现虽没有旧时盛行,但吃月饼仍是不论贫富人家都不可或缺的习惯。许多宁波人还有一个习惯,就是把一个大大的月饼,按全家总人数切成若干份,不管在家的还是出门的,都要算在一起,不能切多,也不能切少,大小都要一模一样,以此寄托对美好生活的向往,祝愿远方的亲人健康快乐,"但愿人长久,千里共婵娟"。

宁波月饼没有广式月饼的豪华,也没有苏式月饼的花哨,样子简单而含蓄,味道鲜美又实惠。皮又香又酥,层层叠叠,色泽金黄;馅重油而不腻,咸甜适度,口感特好。

宁波人的月饼有各种馅的。百果月饼馅虽没有百样,但至少也有八样吧,桂圆、胡桃、芝麻、红枣、瓜子、松仁、莲子、葡萄干,营养好,味道好,老少皆宜。苔条月饼是宁波特有的品种。月饼馅子以苔条作料,用纯小车麻油调制,饼皮酥松,咬一口就满口浓郁的麻油香味。如果有人喜欢吃月饼,但又怕胖,那么纯素的苔条月饼是最佳选择。肉月饼则是不爱吃甜月饼的人的福音。肉月饼又分火腿月饼和鲜肉月饼。尤其是鲜肉月饼,现做现卖,薄薄的层层叠叠的酥皮,包裹着鲜肉馅子,咬一口就会有鲜露流出来。想想，酥皮加鲜肉和着汤汁在嘴巴里嚼的感觉，那是多么美妙啊！

我姆妈最喜欢吃这鲜肉月饼，每逢中秋来临，我都会去城隍庙挑选现烤的鲜肉月饼。姆妈已离开我们十多年了，但每年到了中秋，我还是要去城隍庙买鲜肉月饼，哪怕家里没人吃，也要买来送给别人。因为在排队买鲜肉月饼时，就好像姆妈在家里等着吃一样，算是以此寄托我对姆妈的思念之情吧。

中秋时节是个收获的季节，吃的东西特别多。田里的作物茂密丰盛，捕捞上来的海鲜应有尽有，就是家禽也养得顶好，雌的每天下大蛋，雄的正好上桌给人们将补。经过一个交关热的夏日，出了大量的汗，适当地补一补也恰是时候。芋艿鸭就是只有这个时令才有的下饭，既美味又进补。鸭子一定要选绿头鸭，也称芝麻鸭，这个品种的鸭子肉质细腻，不肥不瘦。鸭子炖到六成熟的时候放入芋艿。要特别注意的是，鸭子与芋艿不能用高压锅炖，因为高压锅一焖味道就不鲜了。芋艿嘛要用水芋艿，也称"乌脚鸡"，以前我到农村去劳动时，看见过水芋艿，就种在田埂上。这种芋艿吃起来特别糯。芋艿要挑短短的、圆圆的，不能是水浸过的。哎！关键就在这里。不要以为芋艿本来就是种在水稻田边的，水浸过也没关系，但其实收上来后再用水浸过就不妥了。炖的时候不能放盐,放了盐也会炖不好。盛的时候在碗里放少许盐即可,吃的时候用酱油揾揾,那才是最美味、最正宗的宁波特色的芋艿鸭。

余下的芋艿子炖妥以后放糖,用藕粉芡上薄薄的浆,上面撒上糖桂花。甜甜的,糯糯的,香香的,真是想想就觉得好吃。这样一碗桂花糖芋艿,我记得当时姆妈煮好后先给阿娘和外婆吃,其他人都没得吃。到现在也没弄清爽是为什么。顾不得清爽不清爽,月亮升起来啦!

海上生明月,天涯共此时。

岁岁重阳,今又重阳

农历九月初九,是传统的重阳节,又称老人节。古人将九视为阳,两九相重为重九。两阳并重,故称为重阳。九九与久久同音,具有生命长久、健康长寿之寓意。

重阳节到来时,正是收获的黄金时节,秋阳高照,五谷丰登,人心喜悦。人们特别喜欢在这个时间出游赏景,登高远眺,观赏菊花,遍插茱萸,吃重阳糕,饮菊花酒。

一九八九年,我国把重阳节定为老人节。每年此时组织老人登山秋游,既能开阔视野,又能锻炼身体,促成人与自然的和谐,启发后人尊老敬老。一九九〇年第四十五届联合国大会通过决议,从一九九一年开始,每年的十月一日为国际老年人日。

说起重阳节,还有个典故。说的是东汉时,有个叫桓景的青年,家住洛阳汝河之畔。相传汝河里有一瘟魔,不时地发动瘟疫，致使家家有人病倒，天天有人丧命，百姓苦不堪言。桓景的父母也因瘟疫双双殒命，又见邻里乡亲纷纷丧命，桓景决心为民除掉瘟魔。他到处打听，得知南山之中有一仙翁法力高超，能够降妖除魔。但要找到他，得翻九十九座山，渡九十九条河，过九十九道关。走了九十九天，他终于找到了仙翁。但仙翁已多年不收徒，故将他拒之门外。桓景在庙门前长跪不起，跪了九天九夜，仙翁终于被他感动了，遂收他为徒，教他降妖剑术，还赠他一把降妖青龙剑。一天，仙翁对桓景说："明天是九月初九，瘟魔又要出来作祟了，你已学到本领，该回去为民除害了！"并送他一包茱萸叶、一瓶菊花酒。仙翁助他神速回家。九月初九早晨，桓景把乡亲们带到附近的高山上，发给每人一片茱萸叶、一盅菊花酒，自己带好降妖青龙剑。中午时分，随着惊天的怪叫，瘟魔冲向高山，但扑到山脚时突然闻到阵阵茱萸奇香和菊花酒香，便惊慌落逃。桓景一见，马上挥剑追上去把瘟魔刺死了。从此以后，每逢九月初九，人们就要登高辟邪，且登高时还要带上茱萸和菊花酒，沿至今日成为节日习俗。

茱萸和菊花酒，有很高的药用价值。茱萸春天开绿白色花，秋天结紫黑色果实，入药或酿酒都可治病。把果实用红布捆成小囊带在身上，有香气，可驱虫。茱萸叶不但可以杀虫,还可治霍乱,百姓称它为"辟邪翁"。饮的菊花酒是头年酿的,在酿酒的粮食中加入初开的菊花,再加一些青翠竹叶。九月初九饮的菊花酒可治头昏、降血压、减肥轻身,还可补肝气、安肠胃、清凉明目。

重阳节,人们还会吃糕。糕与高谐音,寓意着生活步步高。宁波人吃糕,名堂不小,用新米做糕,有粳米做的,有糯米做的,也有粳米糯米掺着做的。形式上有黄南糕、桂花糕、橘糕、如意糕、印糕等。糕中夹着豆沙馅,糕上嵌着核桃仁、红枣、瓜子仁,有蒸着吃的软糕,也有火炭上烘烤的脆糕,花色花样,说得人都有点嘴馋了。

岁岁重阳,今又重阳。甬江职高又来邀我爸去过老人节。爸已九十三岁高龄,身体倒还健朗,九十岁那年还被评为健康老人。他原先工作的学校,由当年宁波女中、宁波青年中学合并而成,这两个学校资质老,办学年份久,学校对退休教师特别尊重,这方面的工作也做得特别周到。每逢过年过节,学校发来邀请,或聚餐,或旅游,爸总要高兴好几天。明明他的眼睛很好,平时看报都不用戴老花镜,但学校一来通知,他就会用放大镜把通知仔细地看上一遍又一遍,还要拿出来给我看,叫我给他读一遍。其实不是他看不清、记不牢,而是要和我们分享他高兴的心情。

光阴似箭,岁月如梭。如今我也到了过老年节的年龄。前几天,工作单位来电话通知重阳节要请退休老同志聚餐。接到通知,高兴之余,我的心里有点酸酸的。啊!我也步入老年了吗?年少时的趣事恍如昨日。"学校的教室外有个美丽的小花园,长满了美丽的花朵,美丽的小姑娘穿上美丽的花裙子,跳起美丽的舞蹈。同学们都说这小姑娘真美丽,姑娘说我们的学校真美丽。""新学期开始了我很高兴,穿上新衣服我很高兴,背上新书包我很高兴,到了学校见到老师我很高兴,上课时正确回答提问老师表扬我我很高兴,课间活动又增添了许多皮球我很高兴,放学了我高高兴兴回家去。"读小学时,语文老师要求大家用指定的词语造句,有一个女同学连用了七个"美丽",一个男同学则用了八个"高兴"。老师问他们为什么用这么多同样的词语。小女生回答,她看到的事物就是很美丽;小男生回答,他心里就是很高兴。纯洁的少年确实满眼美丽,满心高兴。

　　时间就像一匹野马,奔跑起来就一刻不停,美丽、高兴的少年时代已随时间离我们远去,它不以人的意志为转移,带着我们步入花甲。

　　重阳老人节重又阳,但愿美丽与高兴永驻人间,爸与我永远年少。

灶君菩萨

眼睛一眨,又要过年了。据说真正的过年,从十二月廿三祭灶君菩萨就正式启动了。

旧时,一日三餐离不开灶头,大户人家有三眼大灶,小户人家有两眼灶或单眼灶,再穷的人家就是用三块瓦片搭搭,但灶总还是有的。

有灶就有灶君菩萨。有钱人家在灶头搭起佛龛,供灶君菩萨像;一般条件的人家就在灶旁的墙上贴灶君菩萨像。相传三千多年前的商代,就已有祭灶的活动。汉代有文字记载其为灶神,唐以后又称其为灶君,后来又称灶王,宁波一带都称之为灶君菩萨。

小时候听阿娘说过,灶君菩萨的名字叫张生,家里蛮富裕的,其妻子李化很贤惠顾家,但不能生育。张生急于传宗接代,嫌妻子不会生育,就将她送回了娘家。李化回娘家后勤劳操持，没多少日子就积累了大量财富。但张生再婚的夫人好吃懒做、嗜赌成性，最后败尽家业，后妻在贫病交迫中死去，张生自己靠乞讨度日。有一日，张生乞讨到一个大户人家，不料正是他前妻李化的家。二人见面，张生羞愧难当，一头冲进厨房撞进灶洞里，被灶火烧死。张生升天后向玉皇大帝认错，玉皇大帝便封他为灶君菩萨。

也有传说灶君菩萨是玉皇大帝的弟弟，玉帝赐给他灶王的封号，让他做耳目。每年十二月廿三，灶君菩萨都要回天宫，向玉帝汇报每一家在这一年行事的好坏。玉帝根据奏报的情况，奖善惩恶。一旦被灶王告状，大罪要减寿三百天，小罪要减寿一百天。天上一百天，地上十二年。所以平时老人告诫自家的孩子时都说："莫坏（即不要不听大人的话，不要做坏事)！灶君菩萨看着呢！"

灶王的另一个伟大使命是保每一户人家平安，保每一家人有饭吃。灶君菩萨四季常驻灶间，查看这一家人的活动，自然成为一家之主，主宰一家人的兴衰祸福，令人尊敬喜爱，也使人惧怕。所以每年十二月廿三，老百姓都要恭恭敬敬地把灶君菩萨送上天，也就是民间所说的祭灶。

祭灶是大江南北共同的习俗。灶君菩萨天天烟熏火燎，灰头土脸，日常大人形容小孩脸脏时就会说"你怎么弄得像灶君菩萨一样"。故祭灶也不用珍贵供品，只需一杯清茶即可。稍考究的人家，也只是再供一碗用糯米莲子做的甜八宝饭。我们宁波人祭灶除了一杯清茶，还有祭灶果。祭灶果，包括麻球、红蛋、白蛋、油果、黑白交切（芝麻片糖）、脚骨糖（花生糖）、冻米糖等，用这些糖果组合在一起是有说法的。阿娘讲：灶君菩萨吃了糖，替人间说好话；吃了脚骨糖脚骨健，让灶君菩萨上天走路轻松；红蛋、白蛋、麻球要分给黄鼠狼吃，让它们不再偷鸡盗蛋……其实灶君菩萨一年才吃一份供品，还指望他"上天言好事，下界保平安"？当然，也有另一种说法：祭灶不用山珍海味，是为了避免爱吃喝的人受罚，给新年带来饥荒，而连累芸芸众生。

十二月廿三那日，煮好晚饭就祭灶。小时候，我们家这顿饭吃的一定是"下熟米"（阿娘用新收的晚稻米磨成粉，加入新上市的油菜制作而成），阿娘说那是为了让灶君菩萨去报告，我们今年收成好，有饭吃，有菜吃，勤勤俭俭，日子很好过。

祭灶，静静地，不放鞭炮，不敲锣鼓，点上香烛，全家跪拜。还有人说祭灶时妇人不能参加——这太不公平了，厨房里的事大多是女人做的。但我们家祭灶是阿娘主持的，参加的基本人员是我和姆妈。阿娘说，跪着祈祷心要诚,告诉菩萨今年没做坏事,明年更乖,求菩萨保佑来年风调雨顺,有饭吃。每年都是说这几句话。接着阿娘撕下(阿娘说不能说撕下,要说请下)贴在灶头的灶君像,由纸马护送,连同芝麻秸秆、稻草一同焚烧。稻草是给马吃的,马吃饱了可以跑得快一点。芝麻秸秆烧起来,有噼啪响声,是告诉菩萨可以启程了,也意味着芝麻开花节节高,明年会更好。

一杯清茶,一缕青烟,灶君菩萨上青天。

过了廿三,灶君菩萨上了天,家中百无禁忌,娶媳妇嫁囡,做年糕,磨果粉,掸尘,杀猪宰鸡,剃头洗浴,贴对联请门神……人们忙碌着准备过年。

大年三十夜饭后,人们在热闹地辞旧迎新之际,灶君菩萨悄悄地回来了——各家各户都要请回一帧新的灶君像,点上一炷清香,敬上一杯清茶,就是"接灶"了。

如今祭灶的人越来越少,但吃祭灶果的习惯仍在民间流行。

突然觉得灶君菩萨平时只需供奉一杯清茶,上天汇报的程序极其简单,来去也没有复杂的迎送仪式,真是一个清官。

闲话过年

很小的时候,听老人们说,"年"是远古时一种凶恶的怪兽,每隔三百六十五日,隆冬将尽的黑夜就要跑出来伤害人畜,人们谈"年"色变。后来人们掌握了"年"的活动规律,拿出了许多驱赶"年"的方法,只要等到鸡鸣破晓时赶走"年",便又是吉祥如意、春色满园的人间。人们把这一夜称为"年关",让"年"赶快过去,就有了"过年"这一说。

老人说"年"是怕光亮的,于是这一夜人们把所有的火烛都点起来,灯都开起来;人们在门上贴上红色的对联,廊前屋檐都挂上大红灯笼;人们在除夕将尽的时刻大放炮仗来驱赶"年"。"年"要吃牲畜,于是人们就把鸡圈、牛棚关紧拴牢,用全鸡、全鱼、糯米猪头来"谢年"。"年"要出来伤害人,于是人们就在年三十回家敬神、祭祖、做羹饭,祈求神灵和祖先的保佑。吃了晚饭,人们也不敢睡,一家老小围在一起壮胆,只求平安度过这一夜,于是就有了除夕团圆吃年夜饭、守岁这些传统。

过年前,大人们忙着辞旧迎新的各种事情,小孩子抬着头天天盼望早点有零食吃,有新衣裳穿。

传统从十二月初八吃腊八粥开始,就进入了过年的预备期。腊八粥由糯米、赤豆、豇豆、桂圆、胡桃、红枣等食材煮成,暖胃养身,味道好又将补,老少都爱吃。然后各家各户用当年收进的晚稻来做年糕,讨个"年年高"的口彩。做好的年糕晾干后放在缸里,用清水浸着,经常换水,要吃到第二年插秧种稻的时节。

十二月廿三是祭灶夜。听我阿娘说,灶君菩萨要上天去报告一年中人间发生的各种大事小事,什么人干了好事、坏事都会一一禀告,所以人不能做坏事,否则灶君菩萨报告玉皇大帝,是要被打屁股的,来年运道也会推扳。于是我们在灶君菩萨前拼命拜,想让灶君菩萨汇报得好一点,祈求来年能有好运。祭灶的供品叫"祭灶果",送走灶君菩萨,祭灶果由阿娘分给老人、小孩吃,吃了祭灶果,脚骨健健过。到了大年三十夜,又把灶君菩萨接回家,让其带着吉利、好运重回人间。随着老式大灶的消失,祭灶这一习俗也逐渐淡化,被人们遗忘了,祭灶果也逐渐被五花八门的美味糕点所替代。偶尔看见市场上有卖油果、麻球、黑白交切时,我便会想起儿时祭灶神、吃祭灶果的景象,煞是温馨有趣。

腊月廿四,掸尘扫房子,也是过年的习俗之一。"尘"是"陈"的谐音,掸尘也有扫陈迎新之意。家家户户掸尘大扫除、通阴沟、清除过冬蚊蝇、洗被褥窗帘,彻底清洗干净,以此迎接新年。

"谢年"是一年中最为隆重的祈神祭祖活动,一般安排在廿九夜里。祭品有荤有素,荤的有全鸡、活鱼、大肉,素的有桂圆、烤麸、长面、糖,以此祈求人丁兴旺、长命富贵、甜甜蜜蜜、步步高升。吃的是用汆鸡汆肉的汁水煮的年糕汤,满盆的白鸡、白肉,酱油揾揾,味道交关赞。

年三十夜又称为除夕,出门在外的人都会在这一天赶着回家。一家人团团圆圆在一起吃年夜饭,这是全年中最丰盛的一顿饭,下饭也不是平时吃的青菜、豆腐、萝卜羹,而是鱼、蟹、虾、鸭、鸡、河鳗等。节俭人家的长辈也不再说少吃点、节约点的话,而是让孩子们尽情地吃一顿。除了大鱼大肉,还有一样菜是必不可少的,那就是黄豆芽。我外婆说,黄豆芽像如意,吃了黄豆芽一年称心如意。而且不能把碗里的米饭吃光,以示年年有余。

大年初一,早起吃糕,以示高升;吃面,以示长寿;吃

《灶君菩萨》
何业琦 / 绘

过了廿三，灶君菩萨上了天，家中百无禁忌，娶媳妇嫁囡，做年糕，磨果粉，掸尘，杀猪宰鸡，剃头洗浴，贴对联请门神……人们忙碌着准备过年。

汤团,以示团团圆圆。宁波人的汤团,皮是糯米粉做的,馅是猪油黑芝麻、桂花、白糖揉成的,又糯又甜,全世界的华人都知道宁波汤团好吃。

大年初二,也有不少忌讳。比如:不动剪刀,免口舌之争;不动菜刀,免杀身之祸;不吃汤饭,怕出门遇雨;不扫地,怕把财神扫出门;正月半前不倒垃圾,是聚财;不骂人,不打小孩,不说不吉利的话。

农村串门拜年更为热闹,舞龙舞狮、跑马灯、逛庙会、请戏班,高高兴兴等着正月十五闹元宵。正月十三上灯夜,正月十五行灯会、闹花灯、猜谜语。过了十五,年也就过完了,出门的出门,上工的上工,人们又忙忙碌碌地讨生活了。

随着时代变迁、事物发展,人们工作繁忙、生活富庶了,很多旧日的习俗也就被淡化、遗忘了。

守　岁

春节是中国的传统节日之一,自古民间就有除夕守岁的习惯。传说古代有一个妖怪叫"祟",每到大年三十就出来害人,而且专门害小孩。妖怪"祟"一等孩子熟睡,就靠近他们,在孩子的头上摸来摸去,然后孩子就会莫名其妙地发高烧。几天后,热退病去,但活泼机灵的小孩变成了痴癫的呆大。要保护自己的孩子不遭"祟"的侵害,天下的父母每到大年三十就不让孩子睡觉,而且自己也不睡,还要把出门在外的孩子召回来留在自己身边,守着他们。就这样,年复一年,民间形成一个传统,那就是"守祟"。因为"祟"与"岁"谐音,所以历代传下来,就有了年三十夜里守岁的习俗。民间还有给孩子"压祟钿"的习俗,因为这个被称为"祟"的妖怪,最怕看到皇帝年号(因为皇帝豪光万丈)和金银铜钱的金属光泽。过去,钱币大多是金子、银子或铜钿，而且上面都有皇帝年号。人们知道"祟"怕铜钿，便给孩子分铜钿，让他们压在枕头下，以防"祟"来危害孩子。久而久之，每年年三十，长辈都要给孩子们分"压祟钿"。"压祟钿"也就是现在人们说的压岁钱。也有说铜钱或铜板要压八枚的，因为这八枚铜板是八大仙人变的，有仙人保佑，能在暗中帮助孩子吓退"祟怪"。

守岁时，人们就在除夕夜里不睡觉，熬夜迎神，迎接新一年的到来。迎神是新旧年的分界，到了子时，人们放鞭炮驱邪魔迎神，新的一年就开始了，也就是神到了。新的一年带来新的光明，"祟"落荒而逃，人们便可平安度日。

自古守岁意义深远，年长者是为辞旧岁，也有珍爱光阴的意思。年轻人守岁，是为延长父母的寿命。守岁中蕴含了父母子女之间美好的愿望。文人守岁多吟诗作词，以此抒发自己的情怀，留下了不少名篇佳作，有游子思乡、父母念子，有触景生情、儿女情长，有总结过去、展望未来，等等。记得杜甫有诗云："守岁阿戎家，椒盘已颂花。"白居易诗云："守岁尊无酒，思乡泪满巾。"苏东坡诗云："儿童强不睡，相守夜欢哗""明年岂无年，心事恐蹉跎。努力尽今夕，少年犹可夸"。人们对即将逝去的旧岁充满了依依不舍的留恋之情，对即将到来的新年也满怀希望。一夜连双岁，五更分二年。在辞旧迎新之际，家人团圆，欢聚一堂。一般从年夜饭开始慢慢吃,慢慢饮,慢慢聊,慢慢玩,从掌灯时入席,吃吃停停,停停讲讲,一直到深夜。

大年三十,有钱人家吃大鱼大肉、全鸡全鸭,喝琼浆玉露,谈海阔天空;经济人家也竭尽所能,做父母的不再叮咛孩子要节省要少吃,而是让孩子们尽情吃尽情玩,并会给孩子们吃一些讨口彩的食品。比如:吃苹果,"来年过得平平安安";吃红枣,"早得贵子";吃瓜子,"多子多孙";吃花生,"花着生,有儿有女";吃柿饼,"事事如意";吃长生果(花生的别称),"长生不老";吃年糕,"年年高,步步升"。而且这些吃的都要留一些,不能吃完,以示富余有剩,明年还有得吃。对小孩来说,吃完年夜饭,到房门后去跳三跳是必做的功课,而且不要让人看见,那样第二年会长高许多,否则长不高会被小伙伴说"矮子",是要让人看不起的。

除夕夜里,处处红灯高挂,家家灯火通明,通宵守夜。一家老小不分尊卑长幼,都可尽情玩耍。弹琴唱歌,吟诗作对,麻将牌九,划拳畅谈,喧哗笑闹,汇成除夕欢乐的高潮,期待来年一切吉祥如意。

旧时,也有人逢年景不好,田地无收成,入不敷出,满身债务,到了除夕夜,不光要驱魔辟邪,还要躲债过关。说是旧社会,宁波三支街有一个躲债庙,平日无人奉祀,冷冷清清，一到农历除夕，庙里就热闹起来。过不了年关的穷人们都躲在庙里，这里成了穷人年三十的藏身之地。躲的人多的时候，有好几百人。到这里来躲债的，大多是黄包车夫、码头工人、颗粒无收的农民等社会底层的劳动人民，他们生计无着，借了印子钿、高利贷，因生活贫困，所以还不了债，一直拖到年三十。俗话说欠债不过年，所以按照习俗，借的钱到年底一定要偿还。大年初一是不能讨债的，过了初一，重新再约。所以对穷人来说，过年如过关，债才是他们真正的"祟"。他们不能和家人团聚，没有年夜饭，只能在躲债庙里守岁。

也有心狠的债主，不顾穷人的死活，连夜提着灯笼赶到躲债庙去讨债。那时躲债庙里的几百人都集结起来，帮被催讨的债户把债主赶出去。躲债庙是穷人的天堂，债主来此地讨不了债，债户总算可暂时过了年三十。

这一夜，庙里香烛缭绕，灯火通明，也有乐善好施的善人捐钱捐物。庙内略备茶水、馒头，以供解渴充饥。有时也会请一些南词弹唱的民间艺人陪伴躲债人度过长夜，也算苦中作乐。

现时的守岁，家有老人的还会行一些旧习俗，年轻人大多以娱乐为主。现今吃年夜饭的形式不拘于在家里办家里吃，多流行在饭店里订桌包餐。人们忙于工作，没有时间细细操办,饭店里吃年夜饭,走进就吃,吃好就走,这样方便多了。也有几家人合在一起吃的,有大户人家之味,这样就热闹多了。至于吃什么东西已经不是重要的事情了,现在物资丰富,天天吃得像过年,大家追求的是精神上的愉悦。

除夕夜,全国人民守岁时最大的娱乐节目便是观看春节联欢晚会,歌舞小品、相声独唱,人们喜爱的明星呈现各色绝技,这道精神大餐年年有之,且越来越丰盛,越来越精彩。

在辞旧迎新之际,人们悟到"黄金易得,时光难留;爱生命,惜光阴",这才是普天下守岁之因吧。

放鹞子

正月嗑瓜子,二月放鹞子,三月上坟坐轿子,四月种田下秧子,五月端午吃粽子……

二月风大宜放鹞子(学名即风筝),再说二月春天露头,在屋里"猫"了一个冬天的人们也愿意到户外活动活动。放鹞子,是老少皆宜的运动。

那天阿叔来我家,讲起儿时放鹞子的趣事,他那津津乐道的神情仿佛又回到童年时代,成了顽皮的儿童。

他说,放鹞子首先要会做鹞子。材料都是现成的家庭生活用品,把吃饭的竹筷子削得细细的用来做骨架,把捆柴的竹篾削成薄薄的细细的条子用来做框子,用缝衣的棉纱线将框子扎成多种形状,最后糊上写大字的纸,鹞子就算做成了。鹞子的形态大多是三角形的,也有四方形的,最好是头有点尖尖的,这样的鹞子容易放上去。这都是最普通的鹞子,一般小学生都会做。

考究一点的,用白白的、薄薄的窗户纸糊上后,再画上各种图案,就成了蝴蝶、蜻蜓造型。放鹞子的线很有讲究,太细了容易断,太粗了又放不上去。最好是头上用棉纱线,后面用稍粗一点的纳鞋底线。

小孩子们边放鹞子边互相斗,让其他人的鹞子飞不上去或勾到树上、掉在屋顶上,那叫作"吃肉"。谁的鹞子"吃肉"了,那是很没面子的事,会被别的小伙伴笑话。

阿叔讲他做的鹞子飞得最高,飞得最远。

放学后,他和小伙伴去放鹞子,很快就到了吃晚饭的时间,大家都玩得乐不思蜀。我阿娘总是要唠叨,而阿叔还觉得玩得不尽兴。于是第二天书也不去读了,书包藏在远处的坟堆里,和小伙伴们放鹞子去了。他们玩得真开心,玩得好尽兴,玩得老师都找到家里来了。阿娘狠狠骂一顿,没收了阿叔所有的鹞子,下了禁令,不许他再放鹞子。没过几天,阿娘忘记自己下过的禁令,阿叔又照常和伙伴们放鹞子去了。

追根溯源,这鹞子起源于我们中国,至今已有两千多年的历史。据说,最早的鹞子是一个叫墨翟的古代哲学家研制了三年后用木头制成的。也有说是鲁班爷的师父发明的,后经过鲁班爷的精良制作,便有了木制的鹞子。

鹞子问世后，很快被用于测量、传递信息、飞跃险阻，以满足军事需要。早在五代时期，侯景叛变作乱，将梁武帝围困于梁都建邺，就是如今的南京，断绝其内外消息。有人献计把诏令系在鹞子上，由太子放到天上，以此向外界求援。

东汉时期，蔡伦发明了造纸术，有人发现鹞子用纸糊更轻巧，更容易飞上天，制作也轻便了许多。纸鹞很快传入民间，成了人们的娱乐工具。

鹞子分两种。一种是在鹞子背上系上一根筝弦，并在鹞子头上装上竹哨、风笛，鹞子随风飞行时，强风通过哨笛发出铮铮的响声。风又引起筝弦颤动，奏出琴鸣声，所以鹞子又叫风筝，可能就是由此得名的吧。另一种是普通纸糊的不会发出声音的鹞子。

鹞子还有一段促成美满姻缘的佳话。姑娘在鹞子上题写诗句，然后把鹞子放掉，由拾得的男士前去求亲。

到唐宋时，鹞子在民间广泛流行。每到清明时节，风和日丽，家家扶老携幼，外出踏青，纷纷把自己制作的鹞子送上蓝天，竞相斗春，煞是好看。也有人把鹞子放得高高的，断线任其远飞，带走其对远在他乡或已故亲友深深的思念之情。至清代，鹞子制作发展到相当高的水平。曹雪芹在《红楼梦》七十回中生动地描写了大观园中姐妹们放螃蟹、大鱼、蝙蝠、凤凰、燕子等多种造型的鹞子。

又是春天啦,又好放鹞子啦!阿叔买了一只精致的鹞子,带着外孙到保国寺放鹞子,儿时的童趣欢乐,变成了如今的天伦之乐。

童年游戏

前几天在网上看到一个塑料做的钓鱼盘，大家争相发表儿时玩过的感受。这个玩具，我女儿小时候也玩过。一个圆盘上有十几个圆孔，每个孔上面都有个盖子，小鱼就躲在里面；开关一开，那个小盖子一打开，鱼儿就伸出来，小盖子一闭，鱼儿就躲进去。小孩拿一根钓竿，要在圆孔打开的短短几秒钟时间里把小鱼钓上来。说说便当，但对一两岁的小孩来说也是有较大难度的。女儿钓上一条鱼啦，小小人儿高兴得咯咯笑，围在旁边观战的外公外婆、抱她的小姐姐，当然还有我们夫妻俩，比她还要高兴。一家人兴奋得好像完成了一件大工程似的，尤其是老外婆，夸外孙女是天底下最聪明的孩子。一个小小的玩具给一家人带来的欢乐，虽然已经过去二十多年，可至今回想起来还是让人津津乐道。

由此想起我们小时候那些五花八门的玩具大都是自己制作的,就算是买来的,也较为廉价。

比如男孩子喜欢抽陀螺,宁波人俗称打煞坯。陀螺很容易就能买到,但大家还是喜欢自己做。男孩子会在自家买来的柴火堆里挑选较粗的木棍(以前每家都有烧柴的大灶),直径四五厘米,截取五六厘米长。把木棍的一头截平,一头削尖;在尖的这头嵌上一颗铁珠。这颗铁珠是关键,没有它,陀螺就转不起来。铁珠嵌得太出,容易掉落;嵌得太进,则影响转动。铁珠要嵌在整个截面的正中心,才能转得稳。哪个男孩有一只自己做的、转得久又转得稳的陀螺,这比考试得了一百分更让同学们羡慕。

滚铁环,也是男孩子很喜欢玩的。一个铁圈一根铁棒,铁棒一头有个钩,钩住圈在地上滚。手持铁棒的另一头,掌控铁圈滚动的方向,人跑得越快,铁圈就转得越稳。噢,想起上小学时,体育课上老师也教大家玩滚铁环,并把它作为比赛项目。女孩子也有会玩的,但通常都比不上男孩子,而我一直到小学毕业都没有学会这个游戏。

男孩子的口袋里基本上都能摸出几颗玻璃弹珠,随时随地都能玩。他们比谁弹得准、弹得远,赢的人就可以拿走对方的弹珠。还有贴花勒纸。花勒纸小店里有卖，上面印有花草虫鸟等图案，也有全本《红楼梦》《三国演义》《水浒传》中的人物。谁收集的花勒纸多，谁脸上就有光。男孩子把花勒纸贴在墙上，然后松开手，看谁的飞得远。也有人在花勒纸上沾点油，以此来增加重量，这样花勒纸就能飞得更远。我们小时候，食用油是配给的，每人每月才四两。谁偷偷拿家里的食用油浸花勒纸，若被大人晓得是要打屁股的。所以谁的花勒纸是用油浸过的，谁就可以在小伙伴中卖卖王。

男孩子还爱射纸飞机。纸飞机的折法和纸张的质地是飞机能否飞得高、飞得远的关键。要想飞得高，纸不能太厚，翅膀要折得稍大一点；要想飞得远，头要折成长长的、尖尖的，还有人把梭子蟹的大脚钳的尖头插在纸飞机的头上，这样纸飞机就能飞得更准、更远。

还有弹弓弹鸟，主要是弹麻雀，那时麻雀是"四害"之一呢。把人家玻璃窗弹破，人家上门告状，也是常有的事。

相比男孩子，女孩子玩得较文静，较优雅。

接子是女孩子都喜欢玩的游戏。接子的玩法有两种：一种是用小沙包，一种是用麻将牌。小沙包都是我们自己做的，用家里做衣裤多出来的边边角角做成一寸见方的小布袋，在小布袋里装满沙子或米粒，再把袋口缝死，这样接子玩的"子"就算做成了。玩一次需要十来个子，先把这十来个子抛在桌上，紧接着用一只手把一个子抛上去，在抛上去的子未落下时，用同一只手从桌上抓一个子，再把抛上去的子接住。这样第二次抓两个子，第三次抓三个子，以此类推，谁抓的子越多、接得越准，谁就是赢家。也有用麻将牌来玩接子的，先把这十来个麻将牌摊在桌上，紧接着把一个麻将牌抛上去，在抛上去的牌落下来之前，用同一只手将桌上的麻将牌都翻成白的，再翻成黑的，将麻将牌摆成横的叫中翻，摆成竖的叫大翻。然后分次把麻将牌抓起，抛上去的牌一定要接住，再分次将翻好的麻将牌抓起，用的次数最少的人，就是赢家。小女孩在课余玩接子最多，下课铃一响就拿出来玩，上课铃一响就收起来，第二节课余又接着玩。

跳橡皮筋也是每个女孩都爱玩的。一条皮筋由两个女孩子拉着，谁跳的花样多、跳得高，那就是大王了。还有边跳边唱儿歌的："马铃铛，马铃铛，玫瑰香蕉马铃铛……"这首儿歌，当年跳过橡皮筋的小姑娘，哪怕到了六七十岁也还记得呢，比如我就是。每当上体育课或活动课，大家跳橡皮筋时会分成两队进行比赛。我那时人虽小，但个子长得高，腿长，会跳的花样也不少，所以两个队都会抢着选我。还有跳长绳，在长绳里拿着短绳跳双飞、三飞、背飞。还有团队跳长绳,一队人排着长长的队,从一面跳进,再从另一面跳出,也有两个或三个人同时进去跳的。尤其是冬天,跳一跳身子就会暖和不少。

女孩爱玩的游戏还有许多,比如踢毽子、"造房子"(就是踢石子)、打玻璃丝带、织毛线小帽、小鞋、小袜等。

有一件事我至今记忆犹新。大概在小学三年级时,我跟着高年级同学学织毛线,也就是女孩玩的一种游戏。她们教了我一种"一针织一针跳过不织"的针法,哎,很神奇,明明织的是一个小方块,三四寸见方吧,但一抽掉针却成了一个小布包。我就在抽掉的针眼里穿上一根毛线,把它当成一个"小皮夹"。我把门钥匙、食堂饭票都放在里面,心里很得意,心想我姆妈看了一定会夸我聪明、手巧。放学后急忙回家,到了家门口,拿出"小皮夹",正要拿钥匙开门,不料穿在针眼里的线打结了,真是"心越急,柴越湿",无论如何也解不开,急得我脸也涨红了,小便也急煞了。幸亏邻居孅孅拿出剪刀,剪掉了我的杰作上的结,替我解了围。现在回想起来,还是蛮有趣的。

当然,这些游戏与现在的孩子是不好比了,连我八十年代后期出生的女儿都羡慕现在的孩子呢。现在的玩具真是多啊,大百货公司的一个楼层都是玩具柜台,和义路上还有玩具城,里面智力玩具、电动玩具应有尽有。现在放假了,大人还带着孩子到处旅游,学校也会组织夏令营,到国内外名校参观学习。

我们的童年时代虽然是清苦的,玩具是简陋的,游戏是原始的,但还是很有意义的,是值得回忆的。

《童年游戏》
何业琦 / 绘

我们的童年时代虽然是清苦的,玩具是简陋的,游戏是原始的,但还是很有意义的,是值得回忆的。

宁波婚俗趣事

前几日,好友女儿结婚,请我们去喝喜酒。婚礼开始前,大家坐在一起谈起了宁波的婚俗趣事。

以前一般女方家中午办喜酒,喜称为"开面酒",男方在结婚日晚上办喜酒,叫"好日酒"。酒席都是在自己家里办的,在堂前、明堂摆上几桌、十几桌。办的桌数多的话,有借邻居家场地摆酒的,餐具不够了也向邻家借用。也有专门租借的店铺,连桌、凳、餐具、灶头都可租借。还可聘请厨师。现在男女双方多合在一起办酒,图个热闹,也图个方便。那酒席的桌数自然多了,我说见过多的有六七十桌,马上有人说多的有一百好几十桌的,那家里无论如何是摆不下了,哪有这么大的地方,只能在饭店、宾馆里办酒席了。

一说起婚俗,大家的话匣子就打开了,抢着把自己知道的说给大家听。有人说,男方迎亲前一天,要请一位家里长辈健康、女儿有出息的"全福"妇女来铺床。还要请一个父母双全的健康男小顽在新床上睡一下,让他先用一下新马桶,给他吃枣子、花生、红蛋,送给他红包,寓意早生贵子。这小顽又被喜称为"挈出尿瓶"。

我记得小的时候,隔壁二姐出嫁,我早早就到她家去凑热闹,只见她妈妈在给她喂上轿饭。饭是用筷子挑着几粒几粒吃的,她妈妈一边喂,一边哭着嘱咐她,出嫁不比在家时,要孝敬公婆伺候丈夫,要多做事少惹事端……二姐一边吃,一边哭着答应。我阿娘在邻居中比较有威望,被请去说祝词。只见阿娘一边说着祝福的话"白头到老,称心美满,早生贵子……"一边也在哭。我问,这么高兴的事儿,为什么要哭呢?为什么不大口大口地吃饭呢?大人告诉我,哭是讨口彩,哭发,哭发,哭了会发,意思是会兴旺,会发达,会发财;饭一粒一粒地吃,是表示舍不得离开娘家,不忘养育之恩。接着新娘由兄长抱着出门,以免新娘双脚碰地带走娘家的风水。临走前,有一送娘子来行上轿礼,好像在哭,又好像在唱:"你今朝去呵,哄哄啊呵!""你一个人去呵,领一潮来呵。""你敬重公婆敬皇福,孝敬丈夫有饭吃。"一套一套的礼仪,现在回想起来还蛮有意思的。

又有人说，闹新房，吵新娘子，"三日无大小"。意思是不分长幼辈分，都可以吵新娘子，与新娘子开玩笑，甚至是行恶作剧。有的人事先躲在床底下（以前睡的是棕绷床，床底下是空的）或躲在衣橱里，听新郎新娘说贴己话；更有甚者，收掉新人的衣被，敲竹杠，要新郎拿出糖果、香烟钿，那算是闹房最成功的人。被吵到的新娘子很难为情，也被人永远落下了话柄。当然，这些吵新娘的行为都是善意的。

说到闹新房，又有人说她结婚的时候，她妈妈再三关照，任人家吵、闹，都不得生气、翻脸。人家来吵是看得起你，越吵越好。虽然那时没有大摆宴席，没有上百宾客，但至亲好友、邻里乡亲也来了不少，都是摆好架子来闹洞房的。她先生迎上前说："我们都来自五湖四海，为了一个共同的苦命目标，走到一起来了……"那些吵闹的宾客中有人说："你们老人家也来保护他们啦？那阿拉吵不落手了！"大家在一起说说笑笑，吃吃糖果，也就放了他们一马。在那个时时处处都要背毛主席语录的年代，人们也有独特的乐趣。

坐在对面的杭州客人问起："听说你们宁波女子有出嫁坐花轿的传统？"旧时花轿不是随便什么人都能坐的，而宁波女子则可享受这样的待遇。传说南宋时期，小康王被金兵追杀至明州西乡（今宁波高桥一带），一条大河挡在眼前。正急于无处藏身，农家茅舍中走出一位二八小女子，见此状，把小康王一把拉过，藏在身后竹编的鸡笼里，盖上青布蓝花的围裙，自己坐在鸡笼上纳鞋底，以此骗过追来的金兵。从此，明州女子出嫁，享诰命夫人的待遇，凤冠霞帔，乘坐花轿。如今结婚迎娶新娘用的多是小轿车，家里条件好的更是一溜名车，十几辆，甚至几十辆。

我们这一桌人基本上都生于二十世纪五六十年代，结婚时没有这么好的条件，也没有这等排场，哪有小轿车，有崭新的自行车就已经很满足了。大家对现在的奢华婚礼没有半点嫉妒之意，只是为后辈赶上了太平盛世而感到庆幸。

大伙儿正说得热闹，只听司仪在台上喊："吉时已到，婚礼开始。"霎时彩灯转动，彩纸飞舞，新郎在《婚礼进行曲》的伴奏下深情款款地走来，等在花门前。美丽的新娘穿着洁白的婚纱，由她父亲搀着缓缓走来。行至花门前，新郎便从岳父手中接过新娘，由伴娘拥簇着进入婚礼的殿堂。辛辛苦苦养大的姑娘出嫁了，跟着一个男人走了，留下老丈人孤零零地一个人站着，不觉心里有点伤感。扭过头来，只见同桌的几位男士也都眼含泪花。一问都是生女儿的，说以后自己女儿结婚时，要把这个流程省略掉，否则女儿跟女婿走了,像是挖走心头肉一样痛。这些当老丈人的,非当场大哭不可。

婚礼的形式无论是旧式的还是改良的,无论是西式的还是中西合璧的,只要量力而行、幸福快乐,就由各人喜好吧。

婚礼还在热闹地进行着,婚俗的趣事也在不断地谈论着。

JIANG

JIANG

XIANHUA

癞头儿子自中意

身边好朋友中有几个年轻妈妈，说起自己的孩子时个个眉飞色舞，好像天底下只有自己的孩子最漂亮、最聪明。这真正应了一句宁波老话："癞头儿子自中意。"

我以前不喜欢小孩，一听人家说小孩就觉得烦。但自从当了妈，就变得非常喜欢小孩了，那是从心底里喜欢呵。所以一听见人家说小孩怎么怎么，我立刻就说自己女儿小时候如何如何。回头想想，人家孩子才几个月、几岁大，我女儿已经二十几岁，博士都快毕业了，我还在抢着说女儿幼时的趣事，有时还因抢不到话头感到不高兴，自己忖忖还真不好意思。

我结婚晚，生孩子亦晚，生了女儿后，一家人连亲戚、邻居都非常疼爱她。说来也怪，小小人儿好像什么都听得懂似的。女儿是五月初七生的，转眼要过年了，大年三十晚上,我对睡在身边小床上的女儿说:"囡囡啊,明天一早醒来你就大一岁了,你看见我要叫妈妈噢。"那时女儿才六个月多一点,一般孩子要一岁左右才会说话,我也就是跟孩子没话找话,说完就睡了。

第二天一早醒来,我扭头看看女儿,当我俩四目相对时,女儿竟开口叫了声"妈妈"。我又高兴又好奇,忙推醒熟睡中的丈夫,兴奋地告诉他,女儿会叫妈妈了。我先生不相信,说那是偶尔的不经意的学说而已。我就叫女儿再叫一声,真的,女儿清清楚楚地、稚嫩地、甜甜地又叫了声"妈妈"。这一声"妈妈"把我先生叫得不顾寒冷,从被窝里跳出来,"囡囡快叫声爸爸!""爸爸"女儿清晰地叫了声,听得我先生欣喜若狂。我父母及小保姆在隔壁房间里听到响动,连忙过来探个究竟。开始他们也不信,我连忙叫女儿叫给他们听。接着,我又让女儿叫外婆,女儿动动小嘴叫了"婆";叫姐姐,"姐";叫外公,"东"。教了十多遍,她还是把公叫成东。虽然不会叫公,只会叫东,可我爸还是很高兴。过了些日子,我爸打了个喷嚏,女儿就把外公叫成"阿啐"了。

女儿七个月大时,剧团派我去上海观摩要移植的一部大戏,由于女儿还没断奶,就只能把她带上。到了上海,我去看戏工作,女儿就由我表嫂帮忙照顾。表嫂的父

女儿六七个月大的时候

一九九〇年,五岁的女儿自己爬上了长城

女儿上幼儿园时

女儿在认真学习弹琴

亲是上海一个重要部门的负责人，曾经南征北战、叱咤风云，也是个见多识广的老人。表嫂抱着我女儿，她父亲以为她抱着个布娃娃玩。突然我女儿叫他"东东"，他吓了一大跳，怎么布娃娃会说话，还叫他的小名"东东"？他参加革命前的小名就叫东东，已经有几十年没人叫他了。等弄明白情况，他抱过我女儿逗弄，爱不释手，还不断说："真是个女娃，真是个女娃娃，这么小的人会说话，稀奇！"

眼睛一眨，女儿可以上幼儿园了。我们去报名，老师说要面试。当时女儿还不满三周岁，我不知老师会面试什么。仅知道由于女儿开口早，平时有很多"老师"教她。

到了幼儿园，主考老师用普通话问："小朋友，你叫什么名字？"我女儿不理。"小朋友，你几岁了？"我女儿不睬。殊不知，我女儿听不懂普通话，我家平时没有人说普通话，也没有人教她。在旁的我急得出了一身汗，赶紧"翻译"了老师的提问，催促女儿回答，女儿弄懂后马上正确回答了老师的提问。主考老师又问："会唱歌吗？"我翻译给女儿听后，女儿张开小嘴唱起保姆小姐姐教她的越剧《何文秀》："路遇大姐得音讯……"嗨，还真有尹派小生的韵味。长长的唱段一句没落下，嵊州话越剧白说得煞有介事。

老师称赞了她，又接着问："会讲故事吗？"女儿用一口上海话讲道:"丈母娘问呆大女婿拖黄鱼会做吗?呆大女婿把黄鱼用草绳串吊起,从前门拖到后门,又从后门拖到前门,气得丈母娘直跺脚……"我一听就知道这故事是她外婆教的。女儿绘声绘色地把故事讲完了,主考老师擦擦笑出的眼泪,问女儿还会什么。女儿用地道的宁波话认真背起了唐诗:"床前明月光……"不用猜,这是邻居两姐妹教的。我真不知道女儿会背唐诗,正暗暗得意着。主考老师又问女儿是否知道这首诗的意思。我心里想,老师啊,你问得太难了吧,这么小的孩子怎么会知道呢?不料女儿挣开我的手,走到教室中央,高高抬起头,说"头抬起来看看月亮",说完又把头低下来碰到膝盖,说"头低落去忖忖屋里"。所有老师都目瞪口呆,接着都拍手称奇,说小孩聪明,大人教得好。至于最后是否录取,当然是全票通过,但老师也严肃地指出,要强化普通话教学,否则没法上幼儿园。从那天开始,我们家老老小小都说起了普通话。

  女儿在语言方面可能是有天赋吧,初高中都考上了宁波外国语学校,后来到国外留学,外国老师都称赞她英语说得像母语一样好。

养囡趣事

我结婚晚,生孩子也晚,三十好几生了个女儿,全家都很宝贝她。当时的好多做法,如今想起来无法理解,但还是觉得乐趣无穷。

不知哪里听来的,说是脑膜炎的病菌游离在距地面一米左右的空气里,所以学龄前儿童容易得脑膜炎。故而女儿出门,我从不让她双脚着地,幼时抱在手里,抱不动了就用自行车推着……这样一直坚持到女儿上小学,搞得我女儿两岁左右才学会走路,七八岁了还没脚劲,走路经常要摔跤。

吃饭怕鱼刺卡着女儿,我总是先自己用舌头把鱼刺剔除,再喂给女儿吃;怕她吃东西不消化,我也是嚼碎了再喂给她。所有见过我喂饭的人都觉得不可思议。我姆妈也不无唠叨,说我其他事情那么讲卫生、讲科学,无论是碗筷、衣物等孩子吃的用的东西,热水泡、开水烫、滚水消毒,给女儿喂饭却如此老套,不讲卫生。这样一直喂到女儿一岁多。有一次女儿谈起此事,她的同学个个瞠目结舌,直呼恶心,但他们总结出我女儿今日能如此聪明漂亮,都归功于妈妈喂饭方式的独特。

女儿出生的第二年春节,她一岁半左右。我对女儿说:"过年了要向长辈拜年,见面要说新年好,但人家给你压岁钱可不能拿,否则难为情的。"女儿点头答应:"知道了。"大年初一,有客人上门给我爸爸拜年,客人一进门,女儿就双手作揖,高声问好。过了一会儿工夫,女儿到我房间笑嘻嘻地说:"妈妈,我向外公拜年了,外公一定要给我压岁钱,我没要!"我正要表扬她,她又接着说:"外公一定要把钱塞进我口袋,我已经把钱扔掉啦!"说完拉着我到厨房去看。果然,一张钞票静静地躺在簸箕里。

一天,我先生老单位的同事来找他,可他还没下班。女儿拿了自己的糖果招待客人,她热情地与人攀谈:"大伯伯,你叫什么名字?你今年几岁了?"平时人家问她的话,她都拿来问这客人,还说:"你脸上长的酒窝咋介好看啦!"来客是个五十多岁的男人,被这小小人儿问得满脸通红,真真难为情煞。女儿又说:"你一个人坐着要心焦煞的,我讲个故事给你听……"等我先生回家,这一大一小已经成了好朋友。女儿的好客得到了全家大人的表扬,以后但凡有客人来访,她都热情接待。还有一次,家里来了个年轻人,女儿照样上前攀谈,问:"你今年做得好不好?利润有多少?"来客名牌大学毕业,是外贸公司的优秀业务员,反问女儿:"你问的是毛利还是纯利?""纯利啊!"后来我问女儿怎么会问人家这样的问题,她告诉我:"家里有年轻的客人来,爸爸经常这样说的。妈妈,什么是利润啊?"哦,原来小孩只是简单地模仿。那年女儿六岁。

女儿小时候,人家见到她的第一印象都说她秀气文静,十分钟后人家会说她活泼可爱,再过十分钟大家都说她"真皮"。人家说小孩要从小做规矩,从她一岁多开始,我就决定要给她做规矩了。偶尔我做规矩声音大一点,我姆妈马上说我喉咙介大,小人要吓煞的。有一次,我用竹尺在桌子上甩打了几下,我爸就瞪着眼对我吼:"请你回忆下,你小时候,我们有骂过你吗?有打过你吗?"还说:"在单位当领导,在家教育孩子的方式如此粗暴!"我姆妈说:"小人做规矩不能靠打。要讲道理,要把每一件事情说清楚:应该怎么做,为什么要这么做,不应该怎么做,又为什么不能这样做。对待小人要像对待大人一样,不厌其烦地讲……"还说了一大堆在我小时候她是如何对我讲道理、做规矩的教育事例。

再说我们夫妻二人工作忙，女儿与外公外婆相处的时间较多。我姆妈心地善良，为人诚恳，脾气好，给女儿做规矩的任务自然就交到了她手上。

我姆妈的教育方法还真有用。这个原来在家吃饭要喂、走路要抱的孩子，在她润物细无声的教导下很有长进。

上学了，女儿尊敬老师，友爱同学，学习成绩优秀，还得了个"劳动积极分子"的称号，我这个妈妈也被评为"为国教子好家长"。高兴之余，我问老师，我何以得此殊荣。老师对我说，有一次上公开课，课文上说的是敬爱的周恩来爷爷艰苦朴素，一件睡衣由邓颖超奶奶补了又补，穿了几十年。一开课，语文老师把课文内容简单介绍了一下，就提问："周恩来爷爷是什么人，大家知道吗？"教室里一片寂静，时间一秒一秒过去，没有人举手！老师想，难道这问题太难了？老师有点紧张了，脸也红了，汗都急出来了。正在此时，一个穿白色连衣裙的小女孩举手："老师，我知道。"老师赶忙叫她起立回答，她说："周恩来爷爷是我们国家的总理，是共产党的领导人。我爸爸、妈妈都是共产党员，周爷爷是我爸我妈的领导。"全场师生都鼓掌，称赞这个女孩回答得好。这女孩就是我女儿！所以在学期结束评好家长时，我成了最合适的人选。事后，我问女儿是怎么知道的，她说是听外婆读报时知道的。喔！这好

女儿从小就与我十分亲密

二〇一五年,我和丈夫参加女儿英国华威大学博士毕业典礼

女儿从小就古灵精怪

外公外婆是女儿成长路上的好朋友

家长的奖状应该是颁给我姆妈的！女儿还真的将自己的压岁钱用红封袋装起来，严肃郑重地给外婆发了个"王家妇女辛劳奖"。

二十多年过去了，女儿已长大成人，但那些童年趣事于我仍历历在目。只要有人说起小孩的事情，我一定抢着说我女儿幼时的事。不管女儿多大，在我眼中，她永远是小孩，永远是我的囡囡。

火　着

儿时常听老人说："贼偷偷勿光，火着着精光。"我六七岁那年，我家住在县东街边，算是闹市区了。有一日，大路对面沿街的一户人家不慎着火，火趁着风势烧得旺啊，连天都烧红了。一霎间，烧掉了一排几十间三层楼房，因为是木结构的房子，消防队连救火都来不及，真的是"火着着精光"。这惨烈、可怕的场面印在我脑子里，久久不能去除。谁知若干年后，这可怕的火着又在我工作的单位发生了。

那是二十世纪九十年代，我已从甬剧团转行到外运公司，公司的业务随着整个外贸事业和宁波港的发展迅速发展起来，办公场地不够，有许多业务部门都租借在外面办公，给工作带来了极大不便。公司部门领导慎重研究，几经寻找，最后租了一个闹中取静的招待所。

此招待所地处城隍庙附近的解放南路，交通方便，占地面积较大，而且院子里有好几栋楼房。其中一幢三层楼房，一层就有十几个办公室。公司的主要业务科室、行政办公室、财务科，都可以安置在这幢楼里。公司的办公场所有了合理安排，给部门联系、客户往来、职工上下班都带来了方便。工作虽然繁忙，但大家心里都非常高兴。

我嘛，更加高兴。当时我家就住在天封塔后面，到公司上班步行只要十分钟时间，女儿在广济街读书，三个地方套转，骑自行车只要十几分钟。每天早上送女儿上学后再回家吃早饭，然后去公司上班，时间是绰绰有余的。

那日，我像平时一样，骑着自行车，女儿坐在后面，一路说笑着经过大沙泥街、开明街，拐入县学街就可以看见城隍庙了。城隍庙里外、对街有许多摊位店铺，各种小吃都是我女儿的最爱。每天经过时，女儿总要把点心数个遍：牛肉细粉囡囡最要吃，肉包子外婆最要吃，豆沙圆子妈妈最要吃……还没说完学校就到了。送女儿入学后，我原路返回，再经过城隍庙时，看见"缸鸭狗"旁边的包子铺正出大肉包子。于是我下车买了五个包子拿回家，正好跟姆妈一起当早饭吃。与平时一样，七时四十分，我出门骑上车去公司上班，五分钟就可以到了。

我才弯出弄堂口，就见有人急急忙忙奔着说："城隍庙着火啦！"不会吧，我刚从城隍庙经过，还在那里买了肉包子呢，才一会儿工夫，怎么会呢？但越靠近城隍庙人越多，都说火势很大，消防车已到了好几辆，路上拉起了警戒线，我只能改道塔前街去公司。

到了公司才知道，原来是"缸鸭狗"着火了。平时只知道公司离城隍庙很近，哪知这些店的店面朝着城隍庙县学街，背面却与我们公司是背靠背的。我们几位公司领导聚集在院子里察看火情，还担心火势是否会影响附近的房屋。这时从外面进来的职工都说，消防队的十几支水枪已将火势控制住了。

还来不及松口气，只听有人大叫："黑烟！黑烟！"抬头一看，黑烟正朝公司这幢三层的办公大楼滚来。糟了！这幢楼里都是公司主要的业务部门，与"缸鸭狗"背靠背的是箱运部、船代部、财务部。这些部门的电脑里有业务往来的记录，台面上都是箱管、船代安排、联系的单证，财务部的铁皮箱里有公司近几年运费收取的凭据⋯⋯这火着到我们这里，那是不得了了！

黑烟越来越浓。水枪追着黑烟，只听"嘭"的一声响，三层楼的屋顶见明火了！

"快快快！把电脑、单证、凭据抢出来！！""各部门负

《火着》

何业琦/绘

我才弯出弄堂口,就见有人急急忙忙奔着说:"城隍庙着火啦!"不会吧,我刚从城隍庙经过,还在那里买了肉包子呢,才一会儿工夫,怎么会呢?

责自己办公室里的东西！""行政办公室的同志管住大门，管住搬出来的东西！""共产党员上三楼帮财务部搬铁皮箱！"一声声命令从公司领导部门发出，全体职工投入紧急的抢救之中！

当我和同志们从财务部搬完最后一箱资料时，抬头一看：啊，屋顶呢？屋顶没了！只看见蓝天白云和灿烂的阳光。原来我们在抢这些资料时，头上的屋顶还烧着滚滚大火，直到消防队的高压水枪射来的水柱把大火浇灭。我们全然不知，一心只想着把箱子往外搬，往楼下传。回头一看，财务部的姑娘们浑身湿透，脸上挂满了水和汗，和着屋顶燃烧时掉下的泥和灰，个个都成了大花猫。这些刚参加工作不久的大学生在大火面前没有畏惧，没有退缩，个个像猛虎下山，在火场中奔忙搬运。平时做整理工作时叫她们搬箱子，都说太重了，两个人搬都很吃力；那天她们却搬起每只四五十斤重的箱子就跑。事后我问她们这力量是从哪里来的，她们异口同声地说："管住账本是财务人员的职责！"真的好令人感动。

事后，我们仔细查看了这三层的办公大楼，发现它也是木结构的房屋，每个办公室之间都是用三夹板隔开的，屋顶上铺的是蒲席、沥青和毛毡。所以隔壁一起火，就把我们的房子烘干、烧热了，而那边高压水枪一冲，火势就往这边压,于是房子就着火了。

　　过后,公司得到了赔偿,上级领导也表扬了公司领导临危不乱、带头抗灾,并嘉奖了全体职工。

　　但想想真后怕,火再着得厉害一点,这些资料抢不出来怎么办?楼塌了怎么办?职工烧伤了怎么办?公司领导连忙开会选址造新大楼,这种事情可不能碰到第二次啊!

又着火啦，NO！

上次说到别处着火，我们单位被殃及，而我再一次碰到火警是在十二年后的英国，并因此成了笑谈。

女儿高中毕业后，我们送她去英国留学，安排好她的学习、食宿，我们就准备回国了。想想女儿自小未离开过家乡，事事依赖家长，平时在家她一分钟要叫三十多声妈妈，一会儿问什么东西放在什么地方，一会儿又问什么事情怎么办……与大多数独生子女一样，她过惯了衣来伸手、饭来张口的日子。突然将她一人留在举目无亲的异国他乡，我心里真有点不舍。女儿喜欢吃糖醋排骨，于是我到超市买了许多仔排，想给她煮一些家乡的美味佳肴，顺便招待一下与她同寝室的五位同学（一位法国姑娘、一位印度姑娘和三位英国姑娘）。

平时我们在宁波的菜场买排骨，卖肉的师傅会帮我们把排骨斩成三至四厘米长的小块。可这外国人，人长得高大，卖出来的排骨切得也特别长，每块排骨有十五厘米左右长，而且是两骨并连。要烧家乡的糖醋排骨，就必须把排骨改刀。好在我们考虑得周全，给女儿带去了两把菜刀，一把薄一点小一点的用来切蔬菜，另一把大一点厚一点的用来切肉，尤其是斩肉骨头。

我洗净排骨，抡起菜刀就斩，同寝室的五位外国姑娘个个瞠目结舌，赞叹中国妈妈真了不起，中国功夫无处不在。（以至于以后同寝室的印度姑娘与其他姑娘闹矛盾，但对女儿一直很友好，她们分析主要是中国功夫把她镇住了，哈哈！）

斩好排骨，我一面用酱油、黄酒腌一下，一面在锅里倒了小半锅油烧热，把腌好的排骨沥干后下锅炸一下。"喳！"随着油炸声，一股油烟上升，随即一阵警报声突然响起。急切的警报声越来越响，整栋楼好像被警铃震得摇晃起来。我惊呆了，不知发生了什么事，真是惊慌失措……

后来才知道，学生宿舍都装了防火的警铃和喷水装置，包括厨房、客厅和寝室。只要哪一间房的烟雾到了一定的浓度，警铃就会报警，紧接着喷水装置也会开启。因为排骨下油锅时升腾起较大的油烟，便触发了厨房的警铃。

那为什么声音会越来越响，甚至有震耳欲聋、地动房摇之势？原来学生宿舍楼里一个警铃响了，其他警铃便会在几秒钟内响应。一幢楼有三个单元，一个单元有六层楼，每一层有三个门，每一个门有六套单元和一个公用的厨房与客厅。请大家算一道算术题：3×6×3×8，这有多少只警铃？厨房的警铃一响，几百只警铃跟着一起响，那声音何等"震撼"！学校的物业部门、保安部门全都出动了……

有些机灵的学生没见到起火就关掉了警报装置。听说这之前有一寝室的男学生集中吸烟，烟雾一重，警报响起，因处理得慢了一点，喷水也下来了。这次如果处理得慢一些，这么多铃响了，如果喷水也下来了，那这份糖醋排骨的成本可就大了。虽然同学们都曾埋怨警铃太敏感，但几百只铃一起响还是第一次，可见中国的糖醋排骨下油锅时油烟之大。

当天半夜，我们住的旅店也响起了警铃，我们只能起来，跟着大家疏散。我们走出安全门，才发现自己正在邻家屋顶上。等警报解除，我们却被关在了外面，因为安全门是只出不进的。夜深了，很冷，我们冻得直发抖。幸亏我白天出旅馆时怕迷路拿了旅馆的名片，上面有旅馆电话，又幸亏女儿会讲英语，经手机求救，才得以获救。等回到旅馆，一问才知道又是一场虚惊。

又着火啦，NO！

喝 彩

喝彩，顾名思义就是大声叫好。当你把一件事情做得特别好、特别出色时，在场的人就会为你喝彩。当别人，尤其是很多人为你喝彩的时候，你的内心将产生一种强大的自信，使你立刻感到全身充满了力量。

喝彩也不是随随便便地张口大声喊叫，喝彩要叫得好、叫到位、叫到点上，才有鼓舞人心的作用。所以喝彩是很有讲究的，要把握节奏，要有艺术性。尤其是戏剧（戏曲），很看重喝彩，最讲究喝彩的节奏。哪一句、哪一板、哪一曲牌能喝彩，哪里喝彩声可长，哪里喝彩声只能短促，哪里喝彩声可把声音叫得大些，并能把声音有转腔转掉……你若不在点子上喝彩，会对整个场面带来影响。

我演甬剧二十年，曾前后塑造了四十多个角色，在北京、上海、杭州等大城市，在宁波市区及周边城镇、乡村等地演出了几千场。这些角色受到观众喜爱,也得到戏剧界老前辈及专家、领导的肯定,当然也被叫好、喝彩无数。但是,有一次,我参加浙江省中年演员精英大赛,在决赛那一场演出时却遭遇了一次尴尬的喝彩。

到了省里以后,我们宁波代表队的甬剧和越剧演员被分在两场演出中。经过走台、彩排后,大家信心十足,争取在比赛中取得好成绩。因为参加的剧团多、演员多、剧目也多,省文化厅派来的舞台监督在短时间里记不住各剧目的节点,就决定让各剧团派人自理。于是,我们甬剧、越剧就互相服务、互相照顾,并相约相互在场子里叫好喝彩,互相捧场鼓掌。

第一天,越剧团参赛,演出效果很好,由甬剧团同仁带头喝彩,现场气氛自始至终非常热烈。

第二天甬剧团参赛演出,越剧团的同志理所当然也热情地捧场喝彩。

我参赛的剧目是根据曹禺先生的话剧改编的甬剧《雷雨》,我饰演主角繁漪,演绎第二场与周萍单独见面的戏。《雷雨》讲述了二十世纪二十年代,周、鲁两个家庭八个人物之间错综复杂的关系,牵扯出一段三十年来的恩恩怨怨,剧中充满了矛盾。周家主人周朴园是买办资本家,自负、妄断、狡猾、专制,无论是工人,还是家人都必须无条件服从他。他的妻子繁漪与他年龄差距很大，不是原配。繁漪受过高等教育，是个有文化、有新思想、追求个性解放的女性。她任性、傲慢，渴望爱情的欢乐和个性自由。但是在周朴园的专制下，她被禁绝了一切正常的见解和自由的呼吸，被扼杀了一切生的气息和爱的情感。周朴园与前妻所生的儿子周萍，与她年龄相近。这位风流倜傥的阔少闯进了繁漪的生活，点燃了她爱的火苗，让她感受到了从未得到过的爱情。她沉溺了，陶醉了，把人生的希望都寄托在这不正常的爱情中。于是她拼命抓住周萍不放，把他当作救命稻草，可是周萍始乱终弃，爱上了家里美丽年轻的女佣人……

复杂的环境，复杂的人物关系，注定了繁漪复杂的性格。她爱周萍，像少女初恋那样炽热、真挚，尽管现实不容许她保留这份情感，但她千方百计地维护这份情感。周萍是繁漪心中的光明，只有周萍在他身边，她才感到有一点暖意。当她听说周萍要到矿上，她希望周萍不要走，更希望周萍能带她走。她支开所有人，与周萍单独相处，那一刻她主动地叫了一声"萍"。这一声"萍"包含了多少情感：既是长辈对晚辈的招呼，又是情人间的昵称；既是对单独相处抑制不住的喜悦，又是对他有意疏远自己的抱怨；既是一种请求，请求即将去矿上的周萍不要舍弃自己,又是一种谴责,谴责他曾经施舍过爱情,而今又想只身跳出陷阱。此时的繁漪对萍剩下的只有爱,所以我把这一声"萍"叫得轻轻的、含蓄的、柔美的、真挚的,叫声中糅进了"无限的情思",向萍倾诉"心中的苦闷你清楚",求萍不要把旧情"若无其事当作风吹过",希望他"仍像从前一样"爱她,告诉他不管有多大压力她仍"我行我素"地爱着他,一点也没有"后悔"过,渴望摆脱"情人不像情人,母亲又不像母亲"的处境,从而追求幸福、自由的生活……演员和观众都深深地投入到剧情之中,全场鸦雀无声,真的连一枚针落地的声音都能听见。

突然有人"噼噼啪啪"地拍起手来,并用干涩的嗓音连声叫好。这突如其来的喝彩声,把全场都惊着了,带来一阵小小的骚动。接着,又有一人吼了一声:"谁啊?肃静!"马上剧场又回到了原先的安静。虽然只有短短几秒钟的喝彩声,但是对整个演出产生了不小的影响,给演员带来了说不出的尴尬。

幸亏我们都是比较有经验的演员,在农村演出时碰到过各种情况:台挤塌了或观众拥挤打架,逃到台上;观众在台下看不清,跳上台,演的人与看的人同站台上……繁漪这个角色我很喜欢,因此下了不少功夫,所以表演没有中断,整个演出还是连贯的、出彩的,当然也没有影响比赛的结果。

但究竟是谁在喝彩?演出刚落幕,越剧团的领队马上来解释道歉了。原来是越剧团乐队的一位同志,为了帮我们营造气氛,独自一人跑到场子里去喝彩。但他对剧情不了解,对甬剧唱腔不熟悉,演了十多分钟还找不到拍手的机会。他想,再不拍手戏都要演完了,赶紧啊,于是他就拍手喝彩,上演了这一出闹剧。听到有人大声喝止,他才知道自己闯祸了。演出结束后,我见过那乐队同志,他觉得很难为情,觉得对不起我。

所以这喝彩真不是随便吆喝一声的事。

二十多年过去了,宁波电视台三套举行越剧大家唱活动,那乐队同志也参加了伴奏,碰到我时还为那次不着调的喝彩道歉,再三声明他是为了给我捧场,不是搞破坏。他不说我倒忘了,他一说我又想起那场难忘的演出,又想起了那次啼笑皆非的喝彩。

改 行

一九七二年,我考入甬剧团(当时称宁波市文宣队文工队)当演员。那时候在社会上要找份工作是比较困难的,我能到文宣队是从几百名应考生中层层选拔出来的,所以这是好不容易谋得的一份职业。

我多次提到,我在舞台演出上是下了苦功的。唱、念、做、打二十年,我先后饰演了四十多个角色,在表演、唱腔等方面形成了自己独特的风格,擅于刻画各种不同年龄、不同身份、不同性格的人物。后来我先后在越剧团、甬剧团担任剧团的领导职务。白天练功排戏,做行政、党务工作,晚上演出,工作虽然辛苦,倒也得心应手。

俗话说得好,多年媳妇熬成婆,我是多年徒弟终于练成师父。但是由于女儿没有人照顾,最后我只好忍痛离开了剧团。

我工作晚、结婚晚，生孩子更晚。女儿生下来那年，我已经三十六岁了。我先生的工作性质要求其经常出差，而且出差路途远、时间长，指望他来照顾女儿，那是根本不可能的。女儿上幼儿园时，多亏我父母帮忙照顾。等到女儿上小学，学校离家远了，接送不方便，放学回到家还要辅导她做功课，事情多了，父母老了，他们也就心有余而力不足了。我们剧团又经常外出演出，一走就是半个月甚至一个月。就算是在宁波演出，也是下午四五点钟就要去剧场做准备工作，要等到晚上十点以后夜戏才落幕，回到家里往往已经是凌晨了。

有好几次，女儿放学后无人接她，天黑了，同学们早已回家，她还在学校门口等着。门卫老伯怕她在外面冻着，叫她到传达室坐着等家长来接。她含着眼泪说："我要坐在外面，不然妈妈来接我要看不到的。"我母亲在家里见外孙女无人接，又担心又伤心，急得哭了，最后老太太只好打电话求助朋友。有时，女儿在做作业时碰到困难，不睡觉，等着我夜戏结束回到家辅导解答……女儿读书缺少照顾，这成了家里的头等矛盾。

文艺工作在我心目中是伟大、圣洁的事业，舞台演出是我永远割舍不了的情结。但是女儿与事业在我心中同等重要，弱小、年幼的女儿需要我的照顾和抚养，于是神圣的天平向女儿倾斜了。我只能放弃挚爱的舞台，放弃下了二十年苦功的甬剧表演。

就这样，我改行了。

二十世纪九十年代初，正是改革开放蓬勃发展的时期，宁波地处沿海，外贸行业的兴起与发展如火如荼。业务的发展，队伍的扩大，使外贸企业需要一批干部，尤其是政工、党务干部。经过推荐考察、组织调动，我来到中国对外贸易运输总公司宁波分公司担任党总支副书记，主管公司的党务、政工、人事，并分管行政、内务的管理工作。

在剧团的时候，专职干部少，除团长兼书记之外，其他工作都由专业人员兼任。我从一九七六年开始兼任剧团的人事、政工工作，一九七八年入党后又兼管党务工作，一九八三年以后主持过越剧团、甬剧团的日常工作。这一切工作都建立在我对所在单位业务人员、日常工作熟悉的基础上。到了外运公司，虽然工作性质和工作内容和以前大致相同，但是我对新单位的人员和业务都很不熟悉，对日常工作程序也不熟悉。开会分析业务情况和研究布置日常工作时，我是一点也不懂，那些专业术语，更是闻所未闻。再加上公司老总的普通话带着浓重的家乡口音，偶尔还要夹杂几句英语，听得我一头雾水，脑子里像灌满糨糊。我成了糊涂人一个。俗话说，隔行如隔山，戏曲表演与外贸运输之间隔着不知多少重山。再说我是跨系统调动的，连回头的路也没有了。

到外运公司上班后，我面临的第一个问题就是公司的运输车辆管理问题。多年来，车辆的运营、修理没有明确的管理制度，存在较大的漏洞，单位领导要求我在短时间内查出问题并规范管理。我拿着一些资料，真是无从下手。转行后，上班时间是相对固定了，有时间照顾女儿了，可是面对工作，我却变得一筹莫展。

下班回家后，我一个人呆沌沌地坐着。母亲看出我的不快与为难，得知缘由后说："有唱戏难吗？有剧团工作复杂吗？有下乡演出艰苦吗？不怕的，只要你努力下苦功夫，肯定行的！"母亲平时善良温和，但她也是一个坚韧不拔的人，她老人家的几句话点拨了我。

演戏的时候我很认真，也很用心，改了行也需要同样的精神。于是我从"学徒"做起，公司的老总、副总以及各部门的经理都是业务骨干，他们都成了我的师父。一见谁有空，我就逮住谁请教，边问边记。他们的诚恳帮助使我少走了许多弯路，没几个月的时间，我就把公司出口、进口、集装箱、空运、陆运、船代、仓储等多个业务部门的情况摸了一遍。公司的业务状况、经营架构、人员配备、层组管理,以及与总公司的隶属关系、与地方外经贸委的属地管理关系等情况,也基本装在了我的脑海中。

宁波外经贸委的主任、分管处室的处长和工作人员,尤其是书记王咏梅同志,大概都是女同志的缘故,她对我的工作指导和帮助令我至今难忘。兄弟公司也有许多资深外贸员,他们也是我的老师,集中开会的时候我就抓住空隙时间向他们请教。在大家的帮助下,我克服许多困难,顺利地翻过了改行的山头。

在改行后熟悉业务的过程中,公司还给我创造了许多学习、考察的机会。我是一九九二年六月调到外运的,九月公司就送我到上海对外贸易学院学习,参加全国外贸行业经理岗位培训。参加学习的,多是来自全国各地外贸单位的正、副总经理或相关负责人,都有着丰富的外贸工作经验,是这个行业内的精英,其中许多学员本来就是外贸专业毕业的高才生。只有我是个"门外汉",是来"入行"学习的,也可以说是来进行专业"扫盲"的。

刚开始上课时,老师讲的专业名词,我一概不知,像在听"天书"。上课前,我预习课本、查字典、翻工具书、请教老同志。上课时,我坐在教室第一排,专注听课的同时,手上夹着三支笔——蓝笔记,黑笔画,红笔勾重点。每天晚饭后一杯咖啡,经常做作业到深夜十二点。

学校开展的文体活动，比如打太极拳、跳国标舞等，我一概不参加，因为对我来说学习的时间实在不够用。好多同学和老师不理解我为什么要这么用功，在背后议论我"娇气""不合群"。直到学习近半，彼此之间慢慢熟悉了，他们才知道我是从甬剧团转行过来的"外行人"，不努力不行啊！老师看了我的上课笔记和作业，也夸我是个"读书精"。

由于努力学习，结业时我的成绩不错，"扫盲"成功了，这为我入行打下了基础。此后，公司又送我到中国人民大学、中央党校和加拿大麦吉尔大学等参加培训。我十分珍惜每一次学习机会。

经过一系列的学习，我回到外运公司处理的第一件事情就是讨运费。我随当时的老总一起去杭州的一些外贸公司讨运费，这些公司欠了我们宁波外运好几年且数量不少的运费。他们非但没有愧疚之意，还理直气壮地要求运费打折去零。打折去零的钱，按当时的汇率折合成人民币，要几十万甚至上百万元。我是真正不理解，外运公司千辛万苦把外贸公司的货运出去，对方一整套流程都走完了，货款也收到了，最后居然不付运费，还要我们上门去讨。这就像我们坐飞机、坐轮船、坐火车出行，不都应该先付钱买票再出行吗？

一九九二年,我在上海对外贸易学院学习期间

一九九三年,我在加拿大麦吉尔大学参加培训

一九九四年，香港宁波洽谈会上，我与宁波外经贸委书记王咏梅（左）

一九九五年，我担任宁波外运集团党委副书记兼纪委书记

这次出行，我们虽然把好几年前的旧账、运费逐渐收回了，但同时新账又欠上了。我觉得，这收费机制不改革，那运费拖欠的问题就会永远存在。我在公司领导班子开会时提出目前这种运费收取方式的弊端，但这涉及整个外运的运行机制以及方方面面，对公司来说实在是无奈之举。后来到总公司开会时，我又提出运费收取的问题，这引起了新到任的董事长的注意。总公司的领导很重视这个问题，经过研究，整个外运集团制定了订舱与运费收取捆绑的好办法，解决了运费收回困难的问题。总公司领导问我："你这个管党务的干部怎么会关心业务上的问题？"我是这样想的：党务与政工工作不是空中楼阁，不是一番空话，参与本单位的业务建设与发展，为其保驾护航，才是我们工作的出发点和落脚点。

一九九五年，公司改制成宁波外运集团，我担任党委副书记兼任纪委书记。第二年，公司换了新老总，他年轻、有活力、有干劲，亲自出马扩大业务。党委大力支持，发动全体党员和职工发挥积极作用，大家都忘我地工作，我也义不容辞地投入工作。当时，我们外运公司占宁波港集装箱吞吐量的百分之六十以上。这是一个惊人的数字，倾注了宁波外运全体职工的积极努力。在总公司下属的五十七个分公司中，我们宁波外运起了排头兵的作用。

一九九八年,省、市重组成立中外运浙江公司,工作范围覆盖全省各港口,资源增加了,担子也就更重了。在公司以后一系列的工作中,我积极发挥应有的作用。如公司一整套规章制度的建立与规范,为国际质量认证的通过奠定了基础;公司全员劳动制的建立,打破了传统的铁饭碗,建立了激励机制,使公司发展充满了活力,洋溢着生气;进行公司劳动报酬、工资改革等。以前老总、业务骨干与门卫、收发同等奖励的不合理制度,影响了大多数人的积极性。为了打破绝对的平均主义,打破吃大锅饭的局面,我们成立工资改革小组,结合公司业务不同岗位、不同工种的情况和整个外运系统的改制经验,历时三年,冲破层层阻力,甚至不顾人身攻击与威胁,建立了合理的奖勤、奖能促发展的分配制度,充分提高了一线工作人员的积极性。

我还经历了关系每一个职工切身利益的几轮分房和医疗制度的改革,我们严格按照有关政策、规定,根据公司、个人的情况,基本上做到上下都满意。纪检工作严格按照中纪委、市外经贸纪委、总公司纪委的有关规定,每年根据公司实际情况制定有关实施细则。每个下属公司开会落实,使大家清楚地知道什么行为是违法的。也及时查处一些严重违反有关规定的人员,使其获取教训,为公司挽回损失。

我在外运公司的十四年，公司多次被评为各级先进，公司党委被评为宁波市优秀基层党组织，我个人也多次被评为优秀政工干部和市级纪检工作优秀干部，还被评审为高级政工师。这些都是对我改行后工作的肯定。应该说，我的改行之路还是顺利的。

回头看看这三十四年的工作历程，在剧团的二十年是丰富的、刻苦努力的，在外运的十四年是精彩的、兢兢业业的。感谢生活赋予了我丰富、精彩的人生。

得月街

经常有人向我打听：得月街在啥地方？到小菜场买菜，卖菜的师傅问我，买菜的阿姨问我；乘公交车，车上的老公公、老婆婆问我；我出门坐出租车，驾驶员问我；到百货公司、超市购物，售货员姑娘问我；甚至到大街上走走，还有人追上来问我，得月街在啥地方？

有人专门到月湖附近去找，南月湖、北月湖找了个遍，没有；有人到鼓楼附近去找，街街弄弄地查，没有；也有人找到南塘老街，没有……到处找，就是找不到得月街。

大家对得月街如此感兴趣，源自生活情景剧《得月街》。《得月街》是宁波电视台自己编剧、自己导演的，由本台主持人主演，并邀请一部分本地专业或业余的文艺骨干参与拍摄的。"得月街"也就是在电视台一个六百平方米的大棚里搭建的一条不过五十几米长的街景。

《得月街》深受大家喜欢,在七年时间里共演了三百多集,每一个故事讲的都是老百姓的生活逸事,演的都是每个家庭的至亲好友、邻里街坊。七年间,我们演职人员之间结下了深厚的友谊,《得月街》里留下的美好回忆深深地刻在了我们的脑海里。

我在《得月街》里扮演柯师母,故事就是围绕柯师母一家展开的。柯师母是个退休工人,是个风风火火的居民会小组长,她热心公益,倾心家庭。柯师母的丈夫柯老师,是退休的银行职员,由宁波越剧团退休的老编剧柯武松扮演。

柯老师个子不高、黑瘦、其貌不扬,但他的艺术造诣甚高。他写的越剧《琼浆玉露》《三刺女皇》等,在省市乃至全国比赛中都获过奖,在北京、上海、天津等大城市演出时都受到了观众欢迎,更深得宁波广大越剧迷的喜爱。他对表演极其认真,不管什么时候发的剧本,来棚里录像时都已背熟台词。他稍有耳背,所以把对手戏角色的台词也记熟了,一旦拍摄就全神贯注,句句台词丝丝入扣,是青年演员的学习榜样。

有一集的情节与他身世相符,他从对词起就进入了角色,一直到现场拍摄,声泪俱下,泣不成声,把人物感情刻画得入木三分,在场的工作人员也为之动容。我真怕他过度伤心影响身体,拍摄过程中我多次喊停。这其实是不容许的,哪有演员喊停的。我把缘由告诉导演后,导演也时刻关心着柯老师的情绪。在几次停顿后,我们终于高质量地完成了这场戏的拍摄。当导演叫停时,我也泪流满面,在场的所有工作人员都热泪盈眶。大家都为柯老师的表演叫好,更为他的敬业精神所感动。

这集节目播出后,广受观众好评,连宁波文化局的老局长也特意打来电话,说看了首播又看重播,几次被故事情节感动,为精湛的表演落泪。

不知哪个大嘴巴说柯老师人生得介难看,他虽然耳背,但也听到了。有一次,他从家里拿来年轻时的剧照,是张古装扮相,扮演年轻英俊的大将吕布——原来他年轻时是宁波杭剧团的当红小生。大家都感到很吃惊,夸他年轻时英俊,他也非常高兴。尽管他现在老了,但在大家眼中,他永远是个德艺双馨的好老师。

我扮演的柯师母福气很好。戏中老伴柯老师脾气很好,家里大小事情表面上都是由柯师母说了算,但实际上都由他做主。家里还有四个如花似玉的女儿:柯梅、柯兰、柯芬、柯芳。四个姑娘性格各异。

柯梅,是家里的大姐,端庄贤淑,体贴父母,照顾妹妹,但婚姻不幸福,因丈夫有外遇,她一个人带着儿子坚

《得月街》里的一家人

强地生活。柯兰，排行老二，机智、果断、大气，有气质，外贸生意做得不错，收入丰厚，孝敬老人，也常情愿被妹妹"敲竹杠"。对婚姻要求高，至今未婚，被两个妹妹称为"齐天大剩"。老三柯芬，被称为三木大，忠厚老实，没有太大追求，有一份稳定的工作，长期生活在父母身边，生活有依靠，丈夫是个年轻有为、医术高明的妇产科医生，家庭生活幸福。柯芳，活泼机灵的养女（这是编剧为了使人物角色丰富多彩，又怕违反计划生育，特意安排的捡来囡，不料剧情发展到后来真的因此衍生出精彩的一笔）。因为是养女，又是小囡，所以柯芳从小被惯着，养成了独立自信、敢说敢做、活泼可爱的性格。戏中，她与老三两人是不见要想、见了要吵、吃东西要抢、穿衣服要争的一对亲热冤家姐妹，为整部戏增添了不少精彩和趣味。

四个女儿的扮演者在戏中活色生香，在现实生活中各有自己的幸福生活，也是台里各项工作的骨干。老大是导演，老二是大活动主持人，老三是《阿拉讲大道（新闻版）》主持人，老四在台里担任多项工作——除了出演《得月街》，还担任《宁波老话》主持人、出镜记者等，现离开电视台，在经济领域打拼。

说起老四芳芳离开电视台，我们真是不舍。那时她打算走，编剧便在故事里安排她要走的情节。刚好台里来了个实习生，长得与老四芳芳特别像，正面、侧面都很像，看背影简直就像是同一个人。我们每天见面的人都会看错。于是编剧就安排那实习生扮演芳芳的同胞妹妹来认亲。编剧就安排了芳芳的亲爹在加拿大患尿毒症要换肾，把芳芳接去加拿大定居的剧情。那一段故事，我们拍了四集，所有演员都演得很动情。到了最后一集，芳芳拿着全家福照片，还未开拍就已经止不住眼泪了。拍到我这个当老妈的关照她："到了加拿大见到亲爹妈，别怪他们当初遗弃你。虽是对亲爹妈，也不要任性，不要乱发脾气。"念的虽是台词，但是一想到芳芳真的要离开《得月街》了，就像女儿真的要离开娘了一样，不光是伤心落泪，还有心痛啊，心痛得连台词都讲不利索了。导演已经喊停了，我们娘俩还抱在一起，眼泪止不住地哗哗流。现在我们还经常通电话互相问好，在微博上也总聊个不停。

大家总是问我，生活中四个女儿怎么样，我就告诉你：我大女儿柯梅就是电影明星奚美娟年轻时的样子，端庄贤淑；二女儿柯兰如同林青霞年轻时一般美貌惊艳；三女儿柯芬就像李冰冰一样好看大方；四女儿柯芳活脱脱就是奥黛丽·赫本再现。不要说我这个做娘的咬奶头，她们就是那么漂亮。

我的表妹娜娜、外甥女姗姗，别看她们在戏中风风火火、不着四六，生活中都是自立自主的女性。娜娜从部队文工团转业，现在开了家茶馆，经营得有声有色。姗姗从宁波艺校毕业，开了爿服装店，自己进货，自己经营，别看她像一颗小草莓，生意做得红红火火。

我的女婿刘建国是《得月街》的导演之一。这个高高的东北汉子，做起工作、分析起剧本来仔细得嘞。他在剧中是名优秀的妇产科医生，看他在剧中说起专业时头头是道，俨然是个高水平的妇产科医生。除了剧本给他的台词任务，还有一位很好的老师给他必要的辅导，那就是他的爱人——一位真正的妇产科医生。东北小伙子讲起宁波话南腔北调，也为剧中人物增色不少，广大观众也很喜欢这位新好男人。

朱阿姨总是要到柯师母家讨点生姜、借点葱、倒点料酒、喝口茶。这个活生生的宁波街坊阿姨，有点世俗，有点爱占小便宜，但没有坏心，对生活充满热情。朱阿姨与邻居上海人张阿姨是一对"冤家"，把我们生活中的邻里关系演绎得活灵活现、淋漓尽致。有一段时间，两位在屏幕上少见了，观众都很惦记她们。

演朱阿姨的朱老师是群艺馆退休文艺干部，现实中她就是一个乐呵呵的热心老太太；张阿姨是电视台的老同志，她说退休了，要把时间留给许多工作时没有时间做的事情,她也是一个热爱生活的好阿姨。

我最欣赏佩服的是《得月街》的编剧——项编剧。七年,三百多集,都是她一人创作的。经常有人问:《得月街》的编剧一定是一位五六十岁的男同志吧?不,是一位女同志!一位三十岁刚出头的妙龄女郎!她脑子灵、笔头快,把发生在老百姓身边的事情第一时间写出来,在《得月街》演绎,源于生活,贴近生活,深入浅出,深受广大老百姓喜欢。

很多人每星期一到点就等着看《得月街》。看《得月街》成了宁波老百姓生活中必不可少的一件事情,也成了宁波电视节目中一道不可或缺的亮丽风景线。

《得月街》要改版了,得月街也要拆掉了。我们这些生活在得月街七年的人,拆街那天在街景中合影。回忆起七年来的一些趣事,我不觉泪盈满眶。

别了,得月街。

寻　亲

每逢佳节倍思亲。按中国人的风俗,春节、中秋节这两个节日,家里的亲人都要团聚在一起,出门在外工作、读书的家人,哪怕千里迢迢,也要往故乡奔,也要往家里赶,回家见父母、会至亲。一眨眼又到了中秋节这个亲人团聚的日子,但也有一些家庭,亲人失散了,不能相聚,饱含了无限心酸。有机会我在宁波电视台《阿拉讲大道》栏目当主持人,通过节目帮观众找寻亲人。从近的来说,有护送找不到回家的路的失智老人的,有帮走失的小孩找到家人的,也有帮走失多年的患有智力障碍的妻子找到丈夫的。从远的来说,有帮助当年因家境贫寒孩子多养不过来而被送人的子女找到亲生父母的,有帮助失散多年的兄弟姐妹相认的……

找着了亲人自然皆大欢喜,但也有寻不着的,便增加了无尽的牵肠挂肚，无限的思念伤感。有几件事令我印象特别深，深深地刻在了我的脑海里……

阿爸讲，最好能寻着阿弟

那是一个典型的农村汉子，叫陈阿三，中等个子，黝黑发红的皮肤，显得健康又精神。他虽不善言谈，但炯炯有神的双眼透着善良、实在。一阵沉默后，他终于开口说道："阿爸讲，在他有生之年最好能寻着他！"刚开口，他的双眼已盈满了泪水。

什么事让他如此伤心？我们了解到，他是鄞州西部半山区的农民，家里承包了几十亩山林，种了以毛竹为主的经济林木，他与老伴还在竹林里放养了几千只鸡，是典型的富庶农民。家里一双儿女也都长大成人了。儿子开了一家规模不小的工厂，经营得很出色。女儿大学毕业后在宁波市区的一所中学里教书，找了个做外贸生意的对象，生活过得也很滋润。用宁波人的闲话来讲，如此"落位"的家庭，有什么事情会令一个大男人这么伤心，而且伤心到落泪？

陈老汉说，这事要从一九五〇年说起：

那年我七岁，当时还没有计划生育，越穷越生，越生越穷。家里还有两个姐姐，分别是十一岁、九岁；两个妹妹,分别是五岁、三岁。连同阿爸、阿姆七个人,全靠阿爸种田来养活。

那年冬天特别冷,阿姆又怀孕了,她身体非常不好,每天只能躺在床上,有时撑着起来替我们补补衣裳。家里的一些杂事都由大姐、二姐承担,她们到了上学的年龄,但都没去上学。

阿姆早产了,生下一个小弟弟,只有四斤多一点。阿爸讲,阿弟是我们几个兄弟姐妹中长得最好看的一个,大大的眼睛,尖尖的下巴,哭起来的时候像只小猫在叫。我们几个阿姐、阿哥都非常喜欢他,抢着抱他。

阿姆本来身体就不好,加上早产,出血过多,奶水少得可怜,还不够阿弟当茶吃。阿姐抱着阿弟到邻家生母娘地方讨奶吃,人家可怜我阿弟,就给他吃一口,也有人劝阿姐,介冷天不要把不足月的阿弟抱出来,要冻死的。阿姐就给阿弟煮粥饮汤喝。

年三十夜里,阿爸咬牙给我们煮了顿白米饭加红烧肉,算是给我们过年了。阿姐煮饭时也没有忘记给阿弟盛出一碗粥饮汤。我们吃白米饭时,阿弟也吃了两调羹粥饮汤,"啀巴啀巴"地吃出声音来,小小人儿也晓得是过年了,吃得特别高兴。

那天半夜,我被哭声吵醒,蒙眬中看见阿爸、阿姆都在哭,好像是在说阿弟的事情。我想,阿姆又在为阿弟没奶吃伤心了,但阿爸为什么也在哭呢?阿爸是从来不哭的。我想想阿弟介罪过,我也哭了起来,毕竟那时还小,哭着哭着又睡着了。第二天就是大年初一,我醒来就听见阿姐对阿弟讲:"你小小人虽然还没满月,但过了年就两岁了,要乖,不要哭。"真的!阿弟那一天都没有哭闹,可能是他听懂了阿姐的关照,也可能是那碗粥饮汤暂时填饱了他小小的肚子,又或者是几个阿姐轮流裹着棉袄抱着让他暖和了。

初二早上天还未亮,阿爸叫醒我,然后抱着阿弟就出门了。我问阿爸到哪里去,阿爸没回答我,只是催我赶快走。我们乘头班航船到了宁波,一路不停,直接到了第一医院,当时它叫宁波医院。阿爸找到妇产科后,把阿弟放在妇产科门口的长椅上,拉着我头也不回地走出医院,然后在第一医院对面的弄堂口蹲下。

太阳渐渐出来了,医院里进出的人慢慢多起来了。我问阿爸为什么要把阿弟放在那里,被人家抱走了怎么办。阿爸没有回答我,只是默默地流眼泪,还叮嘱我别讲话,要我盯住医院大门口看,看看是否有人抱着阿弟出来。我几次要进去看,阿爸不让。一直到太阳落山,还是没看见有人抱着阿弟出来,阿爸才叫我去妇产科门口看看。我看到长椅上已经没有了阿弟,就赶快跑出来对阿爸讲,阿爸狂奔进去看,阿弟真的已经不在长椅上了。阿爸眼泪一下子奔出来,人瘫在长椅上。我要进妇产科问问,阿爸一把拉住我,走出了妇产科。

我俩又在医院门口等着。一直到天漆黑了,阿爸对我说,回家吧!我问阿爸,那阿弟怎么办?阿爸突然跪在医院大门的牌楼前,猛磕三下头,号啕大哭起来。行人都过来相劝询问,阿爸真是有口难言,拉着我就往回走。阿爸边走边哭着对我说,家里实在太困难,阿姆生病没奶水,阿弟是早产儿,体质太弱了,要养不活的,不如放他一条生路。三十年夜,阿爸、阿姆商议半夜,最后定下来把他送到医院里,想是医生人头熟,谁家要孩子会到医院里抱,那些人家境不会太差。阿姆舍不得阿弟,关照阿爸一定要看到是哪一家抱去的,还让阿爸把我带去,好跟着认抱阿弟人家的住址,以后可以偷偷地去看看阿弟。但是现在不知阿弟被谁家抱去了,阿爸是越讲越伤心。

天色已暗,航船也停了,我们走到家里已是下半夜,阿姆、阿姐、阿妹都等着。我们把情况一说,两个阿姐哭得活撞活颠,怪阿爸没告诉她们。阿姆一声没响,但眼泪像瀑布一样,两个阿妹也跟着哭。这一夜,一家人都没睡。第二天,天蒙蒙亮,两个阿姐拉都拉不住,带着我一定要去寻阿弟。走到宁波医院，也不知问谁、怎么问，三个人在医院门口哭上一阵就回来了。

从那天开始，阿姆就没起过床，不吃也不喝，没过正月十五，她就走了。那以后，阿爸就没有笑过。以后多少年，我们家姐妹和我不管什么原因，只要到宁波就会到第一医院去一趟，在那妇产科外面转一转，在医院门口站一会儿，回来就告诉阿爸。阿爸从来不说什么，只是"嗯"一声，点点头。

现在阿爸跟我住在一起，虽已八十多岁，但身体蛮健，还帮着养鸡、种树。我两个阿姐、两个阿妹日子过得也不错，经常来看阿爸，接阿爸去住。这两年我们都有了孙子孙女，阿爸也做阿太了，看见第四代，阿爸总算有笑容了。但是最近阿爸看电视时常常会流泪。有一天阿爸突然对我说："阿三，你要么托托王阿姨，叫她帮忙把阿弟寻寻着！"原来六十年过去了，阿爸还记得阿弟。其实我也没忘记阿弟，毕竟当时是我和阿爸一起把阿弟抱出去的。特别是我们现在日子好过了，更加想他。

这个故事深深刻在我的脑海里，我真希望陈家阿弟能知道，阿爸在寻他，希望阿弟可以在阿爸有生之年来看看他。

一把沙炒倭豆的故事

一位中年妇女在其妯娌陪同下找到我们,说她要寻亲爹亲娘。还没坐下,她就从袋里摸出一把沙炒倭豆分给大家吃,然后她也边吃边说起了自己的故事:

记得阿拉自己家里有好几个阿哥阿姐,好像还有一个阿弟或者阿妹,那时阿姆好像还大着肚皮,时间长了有些弄勿清爽了。只记得阿姆喉咙交关大,早上眼睛睁开就在唠叨,怪阿爸太老实不会赚钱,怪阿姐事情没做好,怪阿哥太皮,怪自己命太苦。大的骂好骂小的,一天骂到晚。夜里大的小的都睡了,阿姆一面补衣裳,一面还要唠叨。有句话"新阿大,旧阿二,破阿三",说的是阿大穿件新衣服,再传给阿二、阿三穿。我们家兄弟姐妹实在太多,几个大一点的孩子一天到晚叫饿煞,小的说不清楚只会哭,阿姆愁得上火,哪有钱做衣服给我们穿,我们家是破阿大、破阿二,破破烂烂一大群孩子。

有一天,阿姆偷偷将我拉到小间里,给我换上一套红红花花的新衣裳,衣裳袋袋、裤子袋袋里都装满了沙炒倭豆。我从没穿过新衣裳,穿上真正好看煞。平时阿姆炒一点沙炒倭豆,兄弟姐妹们都抢着吃,分到每人手上只有几颗。今天阿姆给我介许多沙炒倭豆,我是真正高兴煞,想去分点给阿姐阿哥吃,特别是小阿姐,她对我顶好。但是阿姆好像在流眼泪,拉着我就往外走。我问阿姆,把我穿得介好看要到哪里去?阿姆讲要带我做人客去,还关照我要乖,到人家屋里要听话,不要吵,不要哭,否则人家要不欢喜的,饿了就吃沙炒倭豆,慢慢吃,不要一下子吃完。就这样,我离开了自己家。那年我好像五岁,也可能是六岁。

到了人家屋里,那家养父母待我蛮好,但第二年他们自己生了孩子,就把我养到他们的阿娘家里,后来阿娘生病了,又把我送到养父母处,但不是原先的养父母,他们又把我送人了。虽然后来的养父母待我不错,我结婚后,生活也算美满,但我总会想起自己的亲爹亲娘。现在想想,当时家里孩子太多,又逢困难时期,实在没吃的,父母是真正没办法才把我送掉的。从自己家里出来那天起,沙炒倭豆就是我最喜欢吃的,想阿姆时我就吃沙炒倭豆。一年四季,我的衣袋里总是放着沙炒倭豆,好像这把沙炒倭豆是我阿姆昨天放在我衣袋里的一样。

希望哪一天能在车站接回女儿

第三个寻亲故事,来求助的是一对老人,他们要我们帮他俩找回女儿。老先生戴着副金丝边眼镜,瘦瘦的身材,文质彬彬的样子。老太太着素色衣服,满头银丝,一声不响,满面愁容地坐在一边。

老先生说,他们只有一个女儿,女儿从小很乖、很聪明,成绩在班里总是排第一第二。女儿很听话,胆子有点小,考上大学后,她妈妈对她说读书第一,不要在外面找男朋友。女儿就真的没找对象,虽然追求她的男同学不少。就这样,毕业后她又考上了研究生,在学校里与一男生恋爱了。

突然坐在旁边的老太太伤心地哭了起来。老先生安慰她说:"不怪你,真的不怪你,我们说好,不哭,不让孩子有压力。"老太太慢慢收住哭声,但眼泪止不住地流。

老先生继续他的叙述:"两人毕业了,女儿的男朋友家在北方,男生要女儿跟他去北方,因为他是三代单丁,父母要他回去。女儿嘛,记得妈妈叫她要回宁波。两个人都抛不下家乡,抛不下家长,只能各自回自己家乡。她人是回来了,心却跟着那男同学走了。回家后总是闷闷不乐,不说话。起先我们认为日子长了会好的。她妈妈托亲戚朋友给女儿介绍对象,以为有了新的男朋友她就会忘记以前的事。谁知道女儿挺不过这一关,虽然进了一家很好的单位,单位的领导和同事对她也很好,她却患了严重的忧郁症,看了很多医生,吃了很多药,可一点也不见好。她妈妈只好让步,同意她跟男朋友走。男朋友从北方赶来接她,可是我女儿已经不认识他了。那小伙子在宁波住了半年,陪了女儿半年。女儿逐渐有所好转,但完全没了原来的灵性。我们商量让小伙子独自回去,女儿到了这个地步,就不能拖累别人了。小伙子走的那天流着眼泪,一步三回头。"说到这里,老先生也泪流不止。

这样又过去了好几年,经过不间断的治疗,女儿又能上班了。单位很好,没有憎恶她,反倒很照顾她,让她做一些相对简单的工作。每天早上,二老轮流送女儿到公交车站,到下班时间,二老又轮流到车站去接女儿回家。但是单位里有一姑娘失恋,女儿回来总是说"罪过,太罪过了",在自己房里坐着,呆呆地就说这两句话。又一天早上,爸爸送她去车站,一路劝她、开导她,直到公交车来,目送她上了车。到下午下班时,妈妈去接她,却不见她回来。夫妻俩赶到女儿单位,同事早已下班,他们在门卫那里也问不出个所以然。

第二天一早,夫妻俩又到女儿单位去问,单位同事告诉他们,昨天女儿没去上班。夫妻俩到处找,能找的地方都找过了。一年过去了,又一年过去了,夫妻俩每天上班时间去车站看,下班时间去车站接,希望哪一天能在车站接回女儿。老人对着电视镜头说,希望女儿能看到:"女儿,爸爸在车站等你!"

还是古人那句话:"人有悲欢离合,月有阴晴圆缺,此事古难全。但愿人长久,千里共婵娟。"

甬剧带给我的苦与乐

一九七二年,我怀着对文艺的热爱考入了宁波甬剧团,当时称宁波市文宣队文工队,甬剧只是其中的一个改革小组。二十世纪五十年代末六十年代初,我还在读小学的时候,经常有文艺团体来招生。我们在教室里上课,招生老师就在外面目测。接着班主任把我叫了出来,让我对着陌生的老师唱歌、跳舞、朗诵诗歌。虽然我每次都能考中,但我阿娘和父母都不让我去。他们认为唱戏太苦,舍不得让我去受这个苦;当然也有些老思想,认为开口饭不好吃。

后来,小学班主任得知我考上了宁波市文宣队文工队,便问我:"当年考上北京、上海、杭州的芭蕾舞团、京剧团、歌舞团,还有宁波的越剧团,你都没去,莫非是为了等着唱甬剧?"当时我太小,全然不知道自己考进的是什么剧团,只依稀记得有一位女老师替我化了戏妆,后来我才知道那是宁波越剧团的老师,她把我从天然舞台的后门领进前门,又从台下领到台上,逢人便说我是块演小生的料,可惜我还是没去越剧团。直到许多年后,我被调到越剧团担任副团长,也算是还了当年那位很赏识我的老师的知遇之情吧。真的,那些以前考进的剧团,现在想来都是我很喜欢的,我却没有去。所以命中注定,我就是要唱甬剧的。

正如阿娘所说,唱戏确实是很苦的。为了练好基本功,我是下了功夫的,简直是脱胎换骨。一般唱戏练功都是从十几岁开始,而我进团时已二十多岁,腿脚相对较硬,思维方式也基本已成定式,再说我们是跟京剧团一起练功的,对演员的要求更高。要练好基本功,我只有多吃苦、多用功,只能比其他人早练、多练。于是同学们八点钟上班,我六点钟就起床开始练功;一个动作他们做几十遍,我就做上百遍,甚至更多。节假日休息,我就在家里的明堂练;到农村去演出没有练功场,我就在水泥晒场上练。练圆场、练翻滚、练把子、练身段、练嗓子、练唱腔、练唱念做打、练手眼身法,但凡台上要用的,就都要练。

跑圆场是基本功之源,要求花旦的台步要稳。虽然

进入剧团后的练功照

在甬剧《海岛女民兵》中扮演海霞时的练功照

练功照：小快枪收势动作

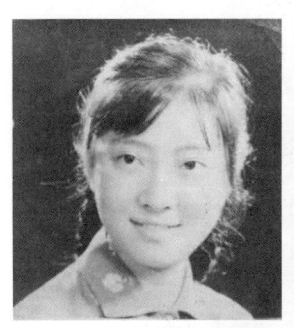 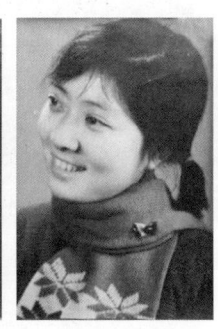 

刚进剧团时　　进剧团两三年后　　进剧团七年后

当时演的都是工农兵形象，但步子要稳，步法要紧，速度要快；收腹挺胸，上身不能动；要提气，但不能屏气；头不能摇，而且要放松自如。每天上班后开始练功，首先是跟着京剧团的花旦班跑半小时圆场，要求越跑越快，最后五分钟还要提速，并且要控制好呼吸，不能喘粗气。半小时圆场跑下来，就是寒冬腊月也能跑得人汗流满面。接下来，练身段动作，都是京剧老师编排好的，我们甬剧演员也跟着做。当时只有八个样板戏，塑造的人物差不多，只是各剧种唱腔、念白不同。动作设计得还是很漂亮的，要求京、芭、体三者相结合，即：京剧的程式动作，运手要圆、顺，手、眼、身法等是传统要求，手指向，眼要跟上，腰部、腿脚要协调；芭蕾舞动作，要舒展，要优美；体操动作，要硬朗，要果断。动作是根据戏的要求编的，演《沙家浜》时我们练的是阿庆嫂的动作，演《海港》时我们练的是方海珍，演《杜鹃山》时我们个个都是柯湘，演《盘丝洞》时我们就练"倒侧虎""钓鱼"。京剧团女演员能做的动作，我们都学，连排虎跳、鹞子翻身、串蹦子、上岗迈子、撑杆虎跳、前翘、后翘、枪背等也都练得得心应手。这为我打下了扎实的基本功，使我以后在塑造角色时心中底气十足。

说起上岗迈子，就是在乒乓台上放一张八仙桌，要求人从八仙桌上侧空翻下来。光听老师介绍动作，我就已经真正吓煞。我嘛，什么苦都不怕，就是怕空翻。两手一脱空，整个身子掉个头，还要双脚稳稳站住。讲讲怕，想想怕，吓得小便急煞。我就向老师请假去厕所。等我回来，我们一批八名女演员，都说已经翻过了，就差我一个了。这时我心里真有点急了，好像很禁不起激将，马上爬到两层台子上面。在老师的帮助下，我忘记了心里的害怕，一咬牙就翻了下来，并且稳稳地站住了。大家一阵欢呼。可是还没来得及得意，她们就告诉我，其实她们一个都没有翻过，我是第一个翻的。虽然被她们小小地捉弄了一下，但还是要感谢她们的激将。

我嗓子不错，声音甜美清新、音域宽，富有表演力，但我之前从来没有唱过甬剧，对甬剧的认识几乎是空白的。在学校时，我曾加入女声合唱小组，唱的多是苏联歌曲，如《红莓花儿开》《喀秋莎》《一条小河》等，发声方式偏向美声。而甬剧基本上用的是本嗓，是民歌加通俗的唱法。所以要把唱法转过来，既要学会甬剧唱腔，又要唱出韵味，相比其他演员增加了更多的难度。这里要感谢徐秋霞老师、邵孝衍老师，在我不懈的努力中离不开他们倾心的教导和帮助。徐老师是我唱甬剧的启蒙老师，她的发音和唱腔是我唯一能模仿的教科书，她一次次不厌其烦地给我做示范，使我的发声靠近甬剧唱腔。邵孝衍老师教我甬剧唱腔的小弯子，体现甬剧特有的韵味。除了在课堂上，上班路上、下班途中、休息之余，只要稍微有空，只要我们碰在一起，他总是在示范、在教，而我总是在学唱。我牢记两位老师的谆谆教导，在很短的时间里掌握了甬剧唱腔的个性化演绎，很好地应用于舞台人物的塑造。此外，在作曲李微老师、戴纬老师的帮助下，我还掌握了唱腔记谱及唱腔设计。

因为当时是文宣队里的文工队，表演形式以歌舞为主，甬剧只是其中一个小组而已。有七个戏曲老师从工厂中抽调回来，但人少演不了大戏，只能演小戏。我也被排进一个小戏《一副保险带》里演一个角色——电工小杨，戏里要求我骑自行车上场。这是我第一次演甬剧，而且我不会骑自行车。没有捷径可走，只有脚踏实地地练。中午不休息，在剧团操场上练，在团部舞台上练，直到自行车会骑了，动作也练顺熟了。老师说把自行车骑到马路上去练练胆子，这样台上灯光一亮就不会那么紧张了。于是我就骑车上路，路上有一辆三轮车迎面而来，其实并不会碰到，但我吓得忘了刹车，直接跌倒在地。踏三轮车的师傅也被这突发状况吓得不知所措，前后轮子直往我脚背上滚，轧得我脚面骨裂，到医院去绷了小夹板，敷了药。医生让我静养休息，但我没听医生的话，回来继续练，痛得直冒汗，眼泪直打转。功夫不负用功人，在正式演出时，我潇洒自如地在舞台上骑着自行车，边唱边表演，为塑造的人物增添了光彩，受到了台下观众的赞赏。

后来，我在《海岛女民兵》中饰演民兵连长，这是我进团接演的第一部大戏。戏中有大段的唱腔，有严谨标准的动作要求，与敌特务斗争有摔打、翻腾、大跳、甩背包、撑杆虎跳、刀枪靶子等高难度动作。当时我进团才一年，基本功还比较薄弱，只能拼命练，练得头晕乏力，连站都站不稳。上午还在练功房猛练，下午就去了医院，经医生一查，诊断为严重胃出血，血色素只有四克了，赶紧输血抢救。住院治疗了十天，血止住了，我又回到了排练场。女民兵连长海霞，是在海边出生的渔家姑娘，粗壮结实；而我大病初愈，又要紧张排练，人瘦得像纤纤柳条。老师给我做了棉袄棉裤作为填充，使我的外表看起来能壮实一点。而当时是夏天，天天热得大汗淋漓。在导演汪莉珍老师一丝不苟的培养和指导下，在A角演员沈申儿老师手把手的无私传教下，在作曲邵孝衍老师、戴纬老师的耐心传授下，我把长段的唱腔统统唱熟、记牢并融于表演之中。乐队鼓板汪荣华老师把我从未接触过的锣鼓经，一段一段解释给我听，我把握每段的节奏，并使每一个动作都与鼓板扣上。一个艺龄短、排练时间更短的演员，经过唱、念、做、打等极其严格的训练，最后通过干练的身段动作、动听的唱腔和丰富的内心戏，成功塑造了一个坚强勇敢、机智聪慧的女民兵形象。在宁波天然舞台演出时，受到了观众和业界专家的一致好评和赞赏。这也增添了我演好甬剧的信心。

唱戏是很苦的，除了练功苦、排戏苦、演出苦，剧团的生活也是艰苦的。

我们外出演出包的长途巴士，座位数永远小于实际人数，所以总有一部分人要站着。通常要颠簸几小时才能到目的地，而我永远是站着的那个，一是把车位让给年长的老师们，二是我要晕车，坐着还不如站着舒服。不过不管怎样，最后还是逃不过，要呕吐。与我一同站着的，还有几位一起进剧团的年轻演员，其中一位也是要晕车的，站我旁边一直对我说："姐，我难受""姐，我恶心""姐，我想吐"……哇！她还没吐出来，我却已经被她说得吐了起来。后来下乡演出，我索性乘坐敞篷的布景道具车，站在车上顺风吹着，人还能觉得舒服一点，呕吐时也方便一点。只是一路坐下来，下车时人已灰头土脸，满嘴是沙。到海岛演出，乘的是部队登陆艇。公海的风浪很大，晕车的人更加晕船，我们几个只能吃了防晕药，一上船，找到战士休息的床铺便倒头就睡。不管怎么晕车晕船，车船一到目的地,我们又满血复活了,马上投入搬布景、道具、灯箱服装的强体力活。

有一次在鄞州咸祥演出完毕,要搬台基到象山丹城。为了节省经费、节约时间,我们从早上七点开始将剧团所有的演出装备装上四辆大卡车,然后从咸祥剧场出发到咸祥横山码头,把四车装备从汽车上卸下来,装到渡海的轮船上。轮船渡海到了象山,我们又把演出装备从轮船上起到岸上,再把这些东西装满四辆卡车。卡车开到象山丹城的剧场后,再把道具卸下车搬进剧场,并与舞美组一起抢着时间装台,赶着晚上演出。演出结束后,我们才能铺床睡觉,而人已累得连洗漱的力气也没有了,倒头就睡。毕竟都是年轻人,第二天一觉醒来,大家又活蹦乱跳了。

到上海演出,我们是乘轮船去的。有一次轮船到了上海码头,不知什么原因,没有搬运工替我们把布景等装备从船舱里搬出来。如果不搬出来,下午轮船就要开回宁波,等这艘船再回到上海就要第三天了,那我们的演出就来不及了。而这次到上海要演出好几场戏,所以装备比平时多了很多。没有搬运工,我们就只能自己搬!男同志都到下层船舱,从十米多深的船舱里,用箱子搭成台阶,一层一层将装置传递上来。所有女演员都在地

一九八六年,剧团去鄞县童二大队演出期间,在天童寺合影(右一为作者)

一九七二年甬剧团恢复时的第一批女演员(右二为作者)

面上搬，老的小的搬布景等稍轻一点的东西，我们几个年轻的女演员就成了主劳力。两人一组，一前一后搭伙，从船边码头上将重的箱子、灯箱、铁脚等，搬到货车边，再装到运输车上。记得我和一同事搬一箱说明书，这一箱纸装得严严实实，一丝空隙也没有，所以特别重，把它搬过来放到地上后，我人都站不直了，同伴们帮我按摩了很长时间我才站直。现在想想，简直不可思议，那时我们哪来的力气，这么重、这么多的东西我们是怎么搬的？我想，这也许就是平时说的，热爱文艺事业的信念支撑着我们吧。

到农村演出，条件也是十分艰苦的。大巴开到汽车站，卸下的铺盖要我们自己背到剧场，有三四里路呢。我们几个年轻女演员结伴，由一个人管着铺盖，其他人先帮几位年纪大的女老师把铺盖背到剧场，再回来背自己的铺盖。与其说是背到剧场，不如说是拖到剧场更确切些。睡的地方大多是剧场灯光区、农村大会堂、小学校教室、生产队仓库等。有一次到梅山去演出，安排我们睡在棉花仓库里，打的是地铺。不知哪个小孩顽皮，到里面来玩，把鸡放进了仓库。等我们晚上戏演好去睡觉时，只见一地鸡屎……

我们还要到农村体验生活。冬天与农民一起掏河，男同志去河底挖泥，女同志把挖上来的河泥传到岸上。要把河底的冻土掏起来也是十分费力的活，每块泥有十几二十斤重，抛过来时我们双手接不住，只能连同身子一起去接。没半天，冰水把棉衣、毛衣连同内衣统统渗透了，冻得我们刮刮直抖。第二天，老师买来橡皮围裙、橡皮手套给我们，才免了浑身湿透。在农村体验生活，饭都是我们自己烧的。老师烧饭、炒菜；年轻男演员上山砍柴，并把柴从山上用手拉车运回来，山路难走，他们常常是从山上冲下来的；女演员洗菜，每天要洗两箩筐，蹲在河边，敲开河上的浮冰来洗菜，等菜洗好，手指都冻得像红萝卜一样，一点知觉也没了。我们在农村住了半年，其他女同学轮流洗菜，而我是班长，则这样天天洗，冻了一个冬天。

以后演出市场有了变化，戏目天天换，地点也差不多天天换。舞美组上午出发，下午装台；我们演员傍晚出发，晚上演出。晚上演出结束，拆台换地方，乘坐大巴赶到另一台基。累了一天，大家都在车上打瞌睡，到了另一台基就被叫醒，把布景装备搬下来再乘车回家，到家已是半夜一两点钟了。一年又一年，周而复始，演出从不间断。新年了，人家都拎着礼物走亲戚、喝老酒、聚餐，而我们却是拎着冷饭，下乡去演出……

在剧团的生活虽然苦，但苦中有乐。当你精湛的技艺被观众所赞赏，当你塑造的一个个鲜活的人物被观众接受，传统艺术得到传承，时代的正能量得到弘扬，付出的一切辛苦就转化为快乐。

我享受这快乐的过程，告慰阿娘在天之灵。我很苦，但我很快乐，我很幸福。

我热爱甬剧

从一九七二年进团到一九九二年离开甬剧团，二十年间我演出了几十部戏，塑造了四十多个不同年龄、不同身份、不同性格的人物。我出演的第一部小戏是《一副保险带》，我在戏里饰演电工小杨。我的第一部大戏是《海岛女民兵》，我饰演主角女民兵连长海霞，这为我的甬剧生涯开了一个很好的头。

我还先后在创作剧目《三篙恨》中饰演饱受灾难摧残和封建思想桎梏的古代弱女子白玉凤；在《浪子奇缘》中饰演热心助人、活泼开朗的货车驾驶员；在《嫁娘记》中饰演风情漂亮、嗲得发腻、狠得嫁娘的奶油西施；在《阿寿哥》中饰演满嘴马列主义又极端自说自话的剧团团长；在轻喜剧《秀才婚事》中饰演崇尚爱情、追求爱情但性格怪异的大姑娘；在《爱情十字架》中饰演不择手段地追求爱情的年轻姑娘……日常演出的传统剧目及移植剧目中，我演过的各种角色印象较深的有：《霓虹灯下的哨兵》中出身名门、追求光明的进步学生；《艳阳天》中大脚快嘴、直爽豪气的农村妇女队长焦二菊；《泪血樱花》中追求和平、忠于爱情的日本女子樱枝；《断线风筝》中心地善良、充满异国风情的印度妇女；《半把剪刀》中出身书香门第却带胎嫁人，凶狠刁钻、害人不眨眼的名门少奶奶；《啼笑因缘》中身怀绝技、侠义心肠的江湖卖艺女关秀姑；等等。

我还出演过曹禺先生的经典名剧《雷雨》中的繁漪和《日出》中的陈白露。《雷雨》中的繁漪是一个显赫家族的女主人，却爱上了丈夫与前妻所生的儿子。她崇尚自由、追求幸福，又受到封建礼教的重重压迫；她柔弱又坚强，她忧郁又热烈似火。她不能把控世界，不能把控自己，她是极端矛盾的综合体。《日出》中的陈白露，年轻美丽、生性高傲，她追求幸福，闯荡社会时却落入黑社会陷阱，沦为十里洋场的交际花，靠仰人鼻息过日子。她厌恶周围鄙俗的人们、丑陋的世界，却又沉湎于放荡的生活而不能自拔；她有正义感却又玩世不恭，她处于复杂的环境，怀着复杂的心情，一步步堕落，在太阳升起的时候她却走向了死亡。

① 《断线风筝》中饰夫人
② 《魂牵万里月》中饰卢慧芳
③ 《半把剪刀》中饰梁惠梅
④ 《返魂香》中饰王克勤
⑤ 《霓虹灯下的哨兵》中饰林媛媛
⑥ 《浪子奇缘》中饰驾驶员小王
⑦ 《泪血樱花》中饰樱枝
⑧ 《爱情十字架》中饰曲姬
⑨ 《秀才婚事》中饰沈妮妮

甬剧《雷雨》剧照，饰繁漪

甬剧《日出》剧照，饰陈白露

《雷雨》在上海演出，受到广大群众的喜爱。那个冬天，天天有戏迷早上三四点钟裹着被子来排队买票，每天下午有戏迷朋友到剧场要我们与他们见面、说话。上海沪剧团的老前辈丁是娥老师看了我的演出后，到后台拉着我的手，肯定了我的演出。她说："一个二十几岁，生在新中国、长在红旗下的年轻人能把一个旧式妇女复杂的心理展示得淋漓尽致，把极端矛盾的情绪演绎得入木三分，真是不容易。"丁老师还将我们的戏推荐给上海文艺界的同行。上海戏剧学院的教授们来观看，给了我们很大的肯定，这对我也是极大的鼓励。

演《日出》时，我下功夫揣摩陈白露的精神世界，她也是一个极其矛盾的人物，是一个时代的怪物。她既要追求太阳的光明，却又沉湎于腐朽堕落的交际花生活。我把她塑造成外表美丽漂亮的"女神"，言语举止表现得那么优雅、温婉，实际上是更进一步揭露其堕落的灵魂与其所处的堕落的世界。有前辈在观看后评论我"美哉也，王坚"。当时一般新戏只能在剧院演两到三场，而《日出》却在宁波剧院里演了半个月，演出得到了同行的肯定、观众的喜爱。

《三篙恨》是一部古装大戏，是名编剧胡小孩、谢枋、天方三位大师合作的经典作品，我有幸在剧中饰演主角白玉凤。那年白玉凤遭遇水灾，在曹娥江上被大水冲逐，遇到从未见过面的未婚夫黄金龙。不料黄金龙只捞浮财不救人，抢了她的百宝箱后，三篙将她打落水。这一场戏没有唱腔，念白也没几句，导演设计了大量的动作，串翻身、串蹦子、鹞子翻身、前翘、枪背、大圆场等高难度的动作都用上了，以此体现白玉凤在激流中被洪水冲逐翻滚、随波流转的艰难困境。因为是古装戏，导演设计旦角的动作时用了水袖。我们进团以来演的都是现代戏，水袖我不会，那就练。我整天把水袖穿在身上练习，长长的水袖能甩出多种花样，以体现白玉凤冤屈无助的境地、忧郁哀怨的心情，把古代弱女子的神韵演绎得真真切切、淋漓尽致。

　　我记得那是一九七九年五月至七月，我们去舟山巡回演出。晚上对外演出，白天排戏。要把这么多高难度的动作连贯地结合起来，优美地表现在水中的境遇，难度很大。我练得腰肌酸痛，直不起腰，抬不起腿，天天发低烧，并且紧张得天天晚上睡不着觉，眼睛睁着，脑子在记动作、记台词、记唱腔。说起唱腔，我们戏曲演员在舞台上塑造人物凭的是唱、念、做、打等扎实的基本功，当然唱是第一位的。长弓唱腔是甬剧独有的，是我们剧种的特色。运用多种曲牌来揭示人物复杂、多变的精神世界，体现剧情起伏发展的高潮；几十句甚至上百句的唱词，用清板由慢到快、由轻到重、由缓趋急,最后稳稳地落在音乐中,不能走调。我在《三篙恨》中饰演的白玉凤,在最后一场"寿堂告状"中就用了长弓唱腔来诉说冤情,揭露罪恶滔天的未婚夫黄金龙,揭露伪善的黄善婆。几十句唱腔旋律动听,小腔婉转,吐字清晰,感情投入,音调稳定,一气呵成。每次唱完长弓唱腔,满场经久不息的掌声,便是对我们甬剧唱腔的赞许,也是对我的努力和付出的肯定。《三篙恨》整剧的唱腔细腻,作曲老师运用了宽广的音域,充分体现了剧情的悲壮,还用许多小调来体现地方风情特色,用幽幽长调来体现主人公冤屈悲哀的心境。如让白玉凤用清水二簧的曲牌来祭奠救命恩人江郎哥哥,悲切切,情悠悠,委婉动听,催人泪下。

一九七九年《三篙恨》在上海演出。原上海堇风甬剧团的前辈对我们的表演很是赞赏,尤其是对唱腔改革作了较大的肯定:有原甬剧的韵味,但又更优美动听。上海剧协专门为《三篙恨》召开剧评议论会,来参加会议的都是上海各剧团的编剧、导演、艺术骨干。他们对我们的古装甬剧《三篙恨》一致好评,说我们载歌载舞的演唱,情真意切的表演,可与西方经典歌剧媲美。这绝对肯定了我们甬剧的表演艺术,使人们大大转变了对"宁波滩簧"的看法。

一九九〇年，进京参加第二届中国戏剧节，我们演出了《爱情十字架》《秀才婚事》这两个表现风格完全不同的自创剧目，在整个戏剧节引起了轰动。在全国剧协召开的戏剧讲评会上，专家对整个剧团精湛的表演给予了极高的评价，对我个人的表演还有个十分戏剧性的评价。我在联系工作时与剧协有过一些接触，所以全国剧协名誉主席刘厚生老师起先认为我只是一般的剧团行政领导。得知我在两个戏中演绎了两个完全不同性格的人物，并且一个是正剧表演，而另一个是夸张的喜剧表演，表演手法完全不一样，他感到十分诧异。他一遍又一遍地求证这是不是由同一个人表演的，是不是那个与他们接洽工作，戴着眼镜、书卷气十足的剧团行政领导。得到证实后，刘老给了我一个肯定的赞赏："在戏曲演出团体，能如此深刻地刻画人物性格的演员很少见。"

我在台上台下给人的印象完全不同，使得大家引起怀疑和争论的趣事还有很多。以前到农村演出《半把剪刀》时饰演凶狠的曹锦堂之妻梁惠梅时，台上人物与我本人形象对不上号，观众老说我很和气，是剧团会计。演出《嫁娘记》时，我妈来看戏时都怀疑"这是我女儿吗"，嗲得连我亲妈都不认识了。演出《断线风筝》时我力求形似、神似，后来去参加比赛，大家都在争论：这究竟是真的印

甬剧《三篙恨》参加一九七九年建国三十周年献礼，我在剧中饰白玉凤

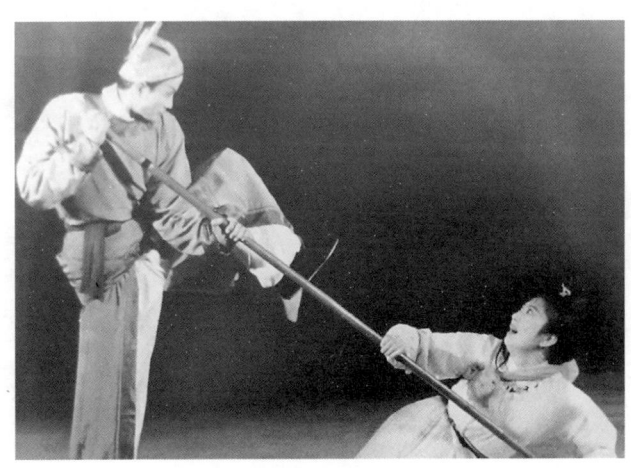

甬剧《三篙恨》剧照

一九九〇年，第二届中国戏剧节上演出《秀才婚事》，舞台上的我（左一）

一九九〇年，北京吉祥戏院门口，舞台下的我

度人,还是演员扮演的?演邓小平女儿时,我抓住人物特点,大家都觉得特别像。当时有许多武警战士参演,都把我当作邓家姑娘,见了我就敬礼,说:"首长好!首长辛苦!"连市里的领导也误认为我是邓家人,与我握手,要我带话:"向你妈妈问好!向你哥哥问好!"在自创剧目《阿寿哥》演出时,胡小孩老师来看戏。胡老师也是《三篙恨》的编剧之一。他看完戏,与领导一起上台来跟演员握手时,突然发现台上这个硬邦邦的马列主义老太太的扮演者就是他笔下《三篙恨》里柔弱的女子白玉凤。他激动地哭了起来,直呼:"这怎么可能!""太不可思议了!"这也是对我塑造的不同人物的肯定。

无论角色大小,我演出时都很认真。我在担任剧团领导以后,主角要演,配角要演,跑龙套群众也要演,还经常顶各种角色。我顶过老婆婆,顶过大肚皮,顶过傻丫头……同志们亲切地称我为"救火兵""万能演员"。

多年演出中塑造的角色,受到了观众和戏剧界前辈的好评,也形成了我戏路宽的风格。我多次参加市、省、全国戏剧节调演并获奖,被评审为国家二级演员。

离开甬剧团已多年,但我热爱甬剧的心不变。

难忘师恩

我有幸在宁波甬剧团工作过二十年,往事历历在目,记忆暖暖在心,尤其是师恩浩荡,令我没齿难忘。

一九七二年,我怀着对文艺的热爱考入了当时的宁波市文宣队文工队,甬剧只是其中一个改革小组。改革与重建甬剧的希望,被寄托在我们这批新招收的学员身上。可对于甬剧怎么唱、怎么演,我们一无所知。甬剧团的一部分老演员,刚刚从工厂、农场调回来,他们除了自己要重回舞台演出,还担负起指导新演员的任务。

戏曲讲究唱、念、做、打四项基本功,唱则是舞台表演之首。我嗓子不错,声音清新甜美、音域宽广,富有表现力,可偏偏发音方法偏向美声,与唱甬剧的发音方法相差甚远。所以我既要把唱法转过来,又要在学会唱腔的基础上唱出甬剧独特的韵味,比起其他新演员有更多的困难。

徐秋霞老师是我唱腔的启蒙老师。从徐老师那里,我第一次听到甬剧的旋律,也第一次体会到学唱甬剧唱腔有多难。她的唱腔是我模仿的样板,她一字一句地示范,我一遍一遍地练唱。在她的指导下,我的发声逐渐靠近传统甬剧的声腔。

邵孝衍老师是一个有深厚艺术造诣的盲人甬剧音乐人,他对甬剧曲牌熟知通透。邵老师教我们唱腔如何体现甬剧的韵味,用行话说就是如何唱好唱腔里的小弯子。我牢牢记得邵老师说过,唱腔不能没有小弯子,但也不能有太多小弯子,小弯子要唱得轻松自然、收放自如、重轻得当,才有优美韵味。小弯子要为整段唱腔的感情服务,要为人物的个性服务。说来容易,但唱好这小小的几个音符并没有那么容易。一个小弯子要唱好,起码要唱几十遍。我与邵老师上下班同路,所以除了上课时间,我在上班路上、下班途中也跟着他学。他的指导让我很好地掌握了小弯子的唱法,使我的唱腔既富有甬剧韵味,又优美大气,能更好地为整段唱腔的感情服务,更好地为体现人物个性服务。

汪莉珍老师是剧团的导演,也是我们的主教老师。我们这群学生娃娃的艺术天赋虽然不差,但在台上怎么走,手放在哪里,眼睛该往哪里看,等等,什么都不知道,更不用说如何塑造人物了。汪老师真的是手把手地教我们，甚至把铺盖卷到剧团来，住在剧团日夜教我们。她要求我们务必练好基本功，更重要的是要掌握人物所处时代的生活背景，弄清人物的年龄、身份、关系，体现人物的特点，细微地刻画人物的性格，才能赋予舞台人物以灵魂。要练好基本功，但又不能被戏曲的程式所束缚；要贴近生活、贴近现实，才是演出甬剧的最高境界。

汪莉珍老师是个工作极认真的人，对艺术一丝不苟，对学生的要求也非常严格。有不符合她要求的地方，她会五遍、十遍地陪着学生练，直至达到要求为止。在她的指导和帮助下，我逐渐学会演绎不同身份、不同年龄、不同性格特点的人物，形成了戏路宽的风格，受到广大观众喜爱，还得到前辈艺术家、戏剧界权威的肯定。这一切与汪老师的辛勤指导分不开。

一九七八年，二十几岁的我接到饰演《雷雨》中繁漪的任务。曹禺笔下的繁漪是个极其矛盾的综合体，她既是显赫家族的女主人，又是继子的情人；她崇尚自由，追求幸福，又被封建礼教重重压迫；她柔弱又坚强，她忧郁又热烈似火；她想把控世界却又不能自已……这样一个人物，对生在新社会、长在红旗下的我来说，要演好很有难度。金玉兰老师原是繁漪的饰演者，组织上决定由我来饰演这个角色后,她把自己刻画人物的体会毫无保留地告诉我,把唱腔、身段、表演经验传授给我,而且在演出后还时时关注、指点我。根据剧情需要,我稍改动原唱腔,征求她的意见时,她也愉快地接受并支持我。金老师的大度无私,至今想起仍令我万分感动。

  沈申儿老师是我第一部大戏的辅导老师。戏中有大段的唱腔、复杂的动作,当时我刚进团不到一年,沈老师倾尽她的热情悉心指导我,使我能把女民兵连长演绎得惟妙惟肖。还有朱桂英老师对我台词的精心辅导;天方老师、谢枋老师、魏峨老师对我表演的指教;李微老师、戴纬老师教会我各种甬剧曲牌以及如何记谱,如何设计唱腔;京剧团的俞淑萍、周云山老师,还有郎友增老师对我们摊子功、把子功的指教;沈桂椿老师、王文斌老师、陈月琴老师、郭兴根老师……他们为甬剧事业培养后一代,功不可没,学生深深感激,永记心中。

  师恩难忘,愿甬剧新人辈出。

甬剧舞台上的一姐

现在的人很喜欢说某个领域里谁是一哥,谁是一姐。有戏迷曾谈起:谁是甬剧舞台上的一姐呢?甬剧舞台上的一姐也就是剧团的台柱子,旧时称"头块牌子",绝对的主要演员;演技精湛,受广大观众喜爱,至少是某一阶段的演员之最。每个人心中都有其艺术评判的标准,大家都可来评一评。我能告诉大家的仅是宁波甬剧团中我所认识的演员啰。

徐秋霞老师很小就开始学戏、唱戏。中华人民共和国成立初期,徐老师已经是甬剧名角。听说当时有很大一部分主要演员到了上海发展。按徐老师当时的水平,也可到上海去大显身手,更好地发展个人的事业。可徐老师想,演技好的演员都走了,宁波的甬剧舞台怎么办?所以她坚持留在宁波,与其他几个男主演带领一大帮年轻演员,撑住了宁波甬剧团,是当时剧团里名副其实的台柱子。徐老师的大女儿徐文亚也是当时甬剧团青年演员中的佼佼者,演了许多角色,直到现在戏迷还在念叨她演的《霓虹灯下的哨兵》中的春泥"读信"这一段脍炙人口的唱腔。母女同台主演是宁波甬剧界的一段佳话。一九七二年,徐秋霞又带领大家一起重建了宁波甬剧团。她告诉我们年轻演员,"戏比天大",她自己也身体力行。那年她丈夫(甬剧乐团的鼓板师傅)去世,还未入殓,恰逢有演出任务,徐老师是主演,又无人替代。她收起悲伤,强忍泪水,闪亮登场,在舞台上演绎喜乐。德艺双馨的徐秋霞老师是那个时代公认的甬剧一姐。

还有金玉兰老师,真名周玉兰,唱戏以后跟了师父才改叫金玉兰。金老师家境贫寒,九岁时经热心邻居介绍跟滩簧艺人走街串巷,边学边演,尝尽辛苦。后加入"串客班",演无定所,四处漂泊。她也学过"四明南词",掌握了各种曲牌,丰富了自己的唱腔。自幼爬河塘、唱堂会、赶市集、演庙台,历经艰辛,也塑造了她坚强又乐观的性格,打下了手、眼、身、法、步的扎实功底。七十二出滩簧小戏,她基本全会。金老师扮相俏丽,眼神的运用特别讲究,塑造的人物栩栩如生;她嗓音甜美,唱腔委婉动听,旋律性强,有独特的韵味,形成了独有的演唱风格。二十世纪四十年代初,她已小有名气,西装旗袍戏是她的专长,她又常受宁波电台邀请去演唱滩簧曲调,随之被宁波城乡广大群众熟悉、喜爱。唱戏不仅是为了讨生活,也是她个人的爱好。

中华人民共和国成立后,金玉兰老师成了堂堂正正的文艺工作者,配合当时的形势演了许多革命大戏。她自己也经历了蜕变,塑造了许多劳动人民的形象。《两兄弟》《金黛莱》《姑娘心里不平静》《五姑娘》等戏的演绎使其不断向艺术高峰攀登,更使其看到了文艺的作用,提升了人生价值,让她对事业有了更高的追求,也使宁波甬剧团形成了擅长的现代戏风格。一九五四年春,甬剧参加浙江省戏曲会演,同年秋在华东地区戏曲会演上,金玉兰老师先后获得了演员二等奖、一等奖,并得到了金质奖章一枚。这是甬剧自建团以来第一次参赛,金老师是为甬剧获得此殊荣的第一人,她为宁波市、为浙江省争得了荣誉,也让甬剧这一小小的剧种享誉天下。二十世纪六十年代,《亮眼哥》的演出,更使其走向甬剧艺术表演的辉煌。金玉兰老师成功的表演艺术使她在演艺界享有盛名。当时剧团引进导演、舞美、音乐等方面的新文艺工作者,对甬剧表演艺术进行改革、推进,倾注了那一代甬剧人的心血,金玉兰老师也功不可没。尤其是参与甬剧唱

徐秋霞《嫁娘记》剧照

我与金玉兰（右）

我与汪莉珍（左）

我与石松雪（左）

一九九〇年第二届中国戏剧节剧协座谈会上。前排左一曹定英，后排左一王坚，左二石松雪，左四中国剧协名誉主席刘厚生，后排右一站立的是杨柳汀

腔定腔定谱的改革实践,加入年轻音乐人的智慧,使甬剧音乐更科学、更规范。浑厚的乐器配乐丰富了甬剧音乐的表现能力,同时吸收了京剧、歌剧、沪剧等多种艺术的精髓,吸收旧的滩簧曲调,通过改革,为新的内容服务,深刻地渗透到人物特性的唱腔中。金老师真假声的运用与其宽广的音域,为甬剧唱腔开辟了新的境界。她为《亮眼哥》《雷雨》等剧中饰演人物设计的唱腔,现在都成了甬剧的宝贵财富和培养学生的教材。

"文革"以后,金老师重返甬剧舞台,她依旧是那么光彩照人,参演《雷雨》等剧再现了她的艺术青春。但是为了培养接班人,她把舞台上的经典角色义无反顾地让给了学生,并毅然离开舞台,去培养更小的学生娃娃。现在甬剧舞台上的一级演员王锦文和二级演员虞杰、陈珺,都是她那时培养的学生。

老家拆迁了,剧团搬远了,已六十岁高龄的金老师为了不耽误工作,竟然学骑自行车……一九八九年四月十三日,金老师骑车出门,去剧协商量举办老艺人演唱会,为甬剧整理老戏、留下宝贵资料等具体事宜,在途中突遭车祸,永远离开了她一生钟爱的甬剧。

金玉兰经历了甬剧从"串客班""滩簧""改良甬剧"到"新甬剧"的发展历程,对推动甬剧、丰富甬剧,对甬剧事业的改革发展做出了极大的贡献,有不可磨灭的功劳。知道甬剧的人都知道金玉兰,金玉兰是甬剧舞台上永远的一姐。

宁波甬剧界有一对姐妹花,姐姐汪莉萍,妹妹汪莉珍,大家亲切地称姐姐为大汪,妹妹为小汪。姐妹俩十三四岁就拜甬剧名家为师。

大汪老师在二十世纪五十年代的甬剧舞台上塑造了许多令人难忘的角色,并且于五十年代末六十年代初在艺校担任甬剧班主任,培养了甬剧舞台上的杰出演员曹定英、杨柳汀、卓胜祖、王孔堂等。没有她对个人名利的放弃,怎么会有甬剧舞台的色彩斑斓?现虽已年过七十,她仍奔走在甬剧普及的教学之路上。小汪老师根据艺术要求转行当了导演,她在几十年的导演生涯中为甬剧创作了无数经典作品。她导演的戏为甬剧培养了几代优秀演员,推进了甬剧的改革发展。甬剧演员参加全国戏剧节受到了中国剧协专家的肯定:称"能如此深刻地刻画人物性格的戏曲演员很少见";称甬剧团是"戏曲与现代戏表演结合得最好的文艺团体之一"。姐妹俩为甬剧发展做出了无悔的努力,我说这对姐妹花就是甬剧的一姐。

说起曹定英,喜欢甬剧的戏迷对她的表演无不啧啧称赞。她十二岁考入甬剧班学习,练就了扎实的基本功,成功地塑造了甬剧经典剧目《半把剪刀》中的陈金娥、《天要落雨娘要嫁》中的林氏等角色。她嗓音明亮、吐字清晰，表演刚柔并济，表情朴实真切，刻画人物生动细腻。剧团的同事都很佩服她对舞台表演全身心的投入、一丝不苟的演出。她严谨地把握舞台表演的节奏，紧紧跟随人物的灵魂，跟随剧情的发展，在整场戏中把观众的情绪紧紧地抓在手中，所以她演的戏精彩，赢人心。她视甬剧为她的生命。即使在病重期间，她还抱病参加了《宁波人在香港》的演出，并带病为青年演员辅导。到了疾病晚期，她仍十分关心剧团工作，多次询问剧团情况。在中华人民共和国成立六十周年时，她被光荣地评选为"六十位为宁波建设作出突出贡献的先进模范人物"之一，对她为甬剧的贡献做了告慰。我认为她是宁波甬剧界公认的一姐。

石松雪是"文革"以后进入甬剧团的青年演员。在同时进剧团的演员中，她并不是基本条件最好的那一个，个子没别人高，嗓子没别人好，体形没别人苗条……但她用功、用心。练功比谁都起得早，圆场比谁都跑得长，唱腔比谁都练得多……虽然角色没排到她，或者只在B组，甚至C组，但她台词都背会了，唱腔也都学会了。有这样一句话："机会都是留给有准备的人的。"要我说，机会就是赐给石松雪的。松雪的身体比较单薄，但她肯吃

王锦文《典妻》剧照

苦,肯坚持,她把所有精力都放在学习、演戏中。她表演细腻,神情真切,催人泪下的情感诉说,把人物的内心情绪演绎得淋漓尽致,她委婉的唱腔既继承了甬剧传统,又创造了富有她个人特色的演唱技艺,把甬剧在艺术领域推上了一个新的层次。她饰演过许多令人难忘的角色,也得过许多奖项,为甬剧的精彩奉献了自己的力量。她的唱腔有特殊的韵味,至今仍有许多戏迷为此痴迷着。她虽然远嫁到了日本,但甬剧的观众没有忘记她。我认为石松雪是甬剧界当之无愧的一姐。

  王锦文在一九八〇年陪同学考甬剧艺训班,阴差阳错间自己倒考上了,毕业后进了甬剧团。当时上辈优秀演员纷纭,她再怎么优秀也轮不上当主演,但她没有放弃。她坚持练功、练唱、学文化,利用业余时间自学,获得了大专文凭,到上海戏剧学院导演系进修,掌握了更多戏剧专业知识,使自己厚积薄发。她抓住每一个机会,认真演好每一个角色,二〇〇二年,在甬剧《典妻》中成功扮演了"妻"一角,为甬剧争得了至高的荣誉——梅花奖、文华表演奖等,从城镇化演出向都市文化迈进,使甬剧在戏剧化表演上更上一档次。她把甬剧带到了中国香港、台湾地区,甚至走出国门,带到欧美国家,受到同胞和国际友人的一致好评,为甬剧创造了一个新的发展里程碑。现在她是宁波艺术剧院的领导,但她没有离开舞台,继续为甬剧创造好戏《美丽老师》《风雨祠堂》《宁波大哥》等。她肩上的担子更重了:培养学生,创作新戏,争取新的观众,继续改革甬剧。她的身体虽然娇小,但她的心却大着呢,你说她是不是甬剧的一姐呢?我说当然是啰!

还有上海堇风甬剧团的徐凤仙、金翠香、范素琴等老师,在广大观众的眼中,她们也是甬剧多个时期独一无二的一姐。

希望甬剧继往开来,一代又一代,不断地涌现优秀的一姐。

谈谈甬剧

一九七二年,我考入宁波市文宣队文工队当演员,因为当时正处在"文化大革命"的特殊时期,人民大众已听惯、看熟八个革命样板戏,百花齐放变成了八花独放。就在这百废待兴的年代里,市有关部门大胆地顺应民意,提出继承发扬传统地方戏曲,从此宁波甬剧团劫后重生,但也只是一个等待改革的小组而已。

当时我对甬剧的了解是一片空白。大部分新演员都是宁波老、中、新三届的学生和社会上有艺术特长的业余青年,真正从事过甬剧表演的老演员为数不多。新演员对甬剧毫无概念,念白唱腔、动作、表演都需从头学起,当时的局面是生多师少。要振兴甬剧,培养一支新生甬剧队伍并使其立足于舞台,困难重重,步履艰辛,谈何容易。我想,要学好甬剧,就要先下决心弄清甬剧的历史沿革、艺术特点、角色行当、表演技巧。在甬剧团二十多年的舞台生活中，我翻阅了大量的历史资料，求教于老艺人，逐步明白了甬剧坎坷曲折、辛酸艰难、悲喜交集的历史。

原来甬剧已有近两百年的发展历史，经历了"串客""滩簧""甬剧"三个阶段。它起源于清朝道光年间，流行于宁波地区的农村，由来于广大劳动人民劳作之余歌唱的"田头山歌""对山歌"，是逐渐向"串客"过渡的一种业余的自娱自乐的说唱形式。由他们组成的班子，称为"串客班"，参加者多为青年农民和农村手工业者，一般在喜庆宴席或节日演唱，不取报酬，只要吃饱肚子即可。"串客"不用管弦伴奏，是一种吟诵体的长段清唱，演唱内容多为反映当时底层劳动人民生活、婚姻、追求自由的故事，因而深受群众欢迎，常被邀请于春节期间在村坊院落演唱。

"串客"后来受苏州滩簧影响，在唱段的首、尾两句加入胡琴伴奏，保留中间的大段叙事和抒情清唱，形成了颇具特色的基本调（至今作为优良传统保存），并用以演唱具有一定戏剧情节的唱篇或小戏，于是由曲艺形式向戏曲过渡。所唱多是当地民歌小调，由三十六支小曲作为基础。后来有些"串客"加入当地马灯班的活动，进行经常性的演出，并开始收取报酬，但基本上是农闲演出、农忙务农的半职业性质。一部分"串客"在民间歌舞影响下,以对子戏(一丑一旦或一生一旦)的形式,在农村、集镇开展营业性演出。串客班有七八个男演员,女角由男演员扮演,表演多接近生活,化装、服装简单,道具仅一桌一椅,乐器为鼓板、板胡、小锣。这种演出形式很快在浙东农村流行,也有在宁波城内茶楼等演出的。这一时期,串客班不断从其他艺术形式中吸收养料,如当地曲艺四明南词的平湖调、赋调和乱弹的二凡,更加丰富了演唱的方式。

光绪年间,甬籍"串客"艺人邬拾来等人首先进入上海,在茶楼演出,颇受欢迎。接着宁波一些班社纷纷涌入上海,"串客"也于此时挂牌,改称"宁波滩簧"。有关资料显示,滩簧是传统戏曲演唱形式的一个类别,以说唱为主,流传于江苏南部、浙江北部,多以地名命名。如无锡滩簧、宁波滩簧、申(上海)滩簧等。随着观赏与表演的发展,它们逐渐演变为锡剧、杭剧、甬剧、沪剧。宁波滩簧进入上海后,受到其他滩簧戏的影响,在音乐和表演上又有所丰富。一九一〇年前后,音乐上作过一次较大的改革,变换后的曲调以叙述体的上、中、下韵为中心,有较舒展的起调、上下句式的大段平板和句幅较长的落调,形成了"起、平、落"的曲体结构。伴奏具有江南丝竹风格,地方特色浓厚。在上海,经过与其他剧种的交流,在表演、化妆、服妆和道具等方面也有所改进。串客班出现了一批优秀演员,如邬拾来、木匠阿春等,这是宁波滩簧男旦角的兴盛时期。其剧目受其他滩簧剧种的影响,增至七十二出。剧目可分五类:清客戏(演出以小生为主)、草花戏(演出以丑角为主)、众家戏(角色较多的戏)、梨园戏(自昆曲、乱弹移植的剧目)和十马浪荡戏(从大戏中分析演出的剧目)。一九二〇年前后,几位宁波滩簧女演员赴沪搭班演出,很受欢迎,于是在上海的宁波滩簧班争相效仿。女旦角的出现使男旦角迅速衰落。一九三〇年前后,还出现了"四大名旦"。在此期间,挂牌宁波弹簧还改称过"四明文戏""甬江古曲"等。

一九三八年前后,在上海的一部分艺人感觉新剧目匮乏,艺术上保守,表演内容陈旧淫秽,为挽救危机,联合组班学习文明戏,排演幕表制的时装大戏,并配用灯光、布景,扩大乐队,改革音乐唱腔,时称"改良甬剧"。他们上演根据京剧改编的大戏,获得成功。一九四〇年前后,又借鉴话剧、文明戏和滑稽戏等剧种,曲调抒情,语言风趣,富有生活气息。这一时期的改革振兴了宁波滩簧。艺术在发展,串客班已经进步为改良甬剧,但艺人的社会地位还是那么微不足道,仍生活在贫困线上。

中华人民共和国成立后，宁波滩簧得到了新生，剧种名称从此定为"甬剧"。舞台演出大量吸收话剧、京昆剧、越剧等其他戏剧之长，充实本剧种，形成甬剧独特的演出模式，实行了剧本制、导演制；音乐唱腔设计、舞台美术也有了质的飞跃，甬剧进入了崭新的发展阶段。

宁波是甬剧的起源地，也是甬剧发展的根据地，宁波老百姓喜欢这个表演热情诙谐，唱腔优美流畅的家乡戏。宁波人是上海这个新兴的移民城市的重要组成部分，尤其是在工商业领域，所以甬剧在上海有着相当广泛的观众群。几经磨合，宁波和上海有了各自的优秀甬剧演员。宁波以王文斌、沈桂椿、徐秋霞、陈月琴等为主，逐渐扩大队伍，加入了金玉兰、黄君卿等优秀演员。当地政府派来政治辅导员袁孝熊、业务辅导员陆声担任导演，于一九五三年成立了宁波甬剧团，陆续培养了汪莉萍、汪莉珍、苏立声、陈立鸣、余盛春、黄再生、裘祖荫、郭兴根、陈曼兮、徐文亚、包赛桃、全碧水等青年演员，吸收了新文艺工作者编剧谢枋、作曲李微、舞台美术设计周东昭等。宁波甬剧团在继承传统的基础上，创作了大量歌颂新社会、反映劳动人民现实生活的现代大戏，这些戏日后也成了宁波甬剧团的专长。

二十世纪五十年代初，甬剧参加浙江省首届物资交流会，引起全省各界对甬剧的重视，他们对甬剧表演刮目相看。现代戏《两兄弟》获华东会演一等奖，《亮眼哥》在上海演出时受到上海戏剧界同行的高度评价。甬剧团又先后排演了《红岩》《王鲲》《姜喜喜》《姑娘心里不平静》《田螺姑娘》《乾隆下江南》等剧目。

在上海，中华人民共和国成立初期的十余个剧团集中了一批优秀的编剧、导演、演员，逐渐整合为堇风甬剧团。深受上海人民喜爱的演员有徐凤仙、贺显民、金翠香等。二十世纪六十年代初，在团长贺显民的带领下，堇风甬剧团赴北京演出甬剧优秀传统三大悲剧：清装戏《半把剪刀》《天要落雨娘要嫁》《双玉蝉》，获得了巨大的成功。敬爱的周恩来总理在时任中央文化部艺术局局长马彦翔的陪同下，观看了演出，并不时鼓掌、微笑、点头称赞，给甬剧莫大的鼓舞和无上的荣光。他们还先后创作、改编《张古董借妻》《三县并审》《借女冲喜》《高尚的人》等剧目，尤其是徐凤仙、贺显民两位杰出的甬剧表演艺术家，对甬剧唱腔的改革、表演形式的进步和剧团的正规管理有着不可磨灭的贡献。

一九六〇年前后，宁波、上海都以培养随团学员和成立戏曲学校办班训练的形式，培养了一批青年演员和音乐作曲、编剧、伴奏人员。这些青年学员经过系统、科学的训练，唱、念、做、打更加规范，大有青出于蓝胜于蓝之势。宁波成立了甬剧青年队，演员有曹定英、杨柳汀、卓胜祖、王利棠、应礼德、沃绵龙、郑顺琴、陈炳尧、沈永华、钟爱凤等，编剧有王信厚，作曲有戴伟，主胡伴奏有董阳焕等。上海有蔡强华、郎友增、陈星梅、裘祖达等优秀青年演员。

一九六六年"文化大革命"开始，甬、沪两地甬剧团全部解散。

经过了寒冷的冬天，人们渴望春天早日来到的心情在一九七二年的春天更为迫切。春天眨眼间真的来到了，万物复苏，生机勃勃，人们对生活充满了新的希望。

一九七二年四月，宁波市文宣队在设有京剧队的情况下，又增设了文工队。文工队以歌舞为主，并设甬剧改革小组、曲艺改革小组。招考了一部分青年学生，调入业余优秀文艺骨干从事歌舞，召回原宁波甬剧团和曲艺的老演员从事甬剧和曲艺的改革。

当时已经转业到各行业的原甬剧团演员纷纷回归，率先归队的有徐秋霞、汪莉珍、郭兴根、全碧水，作曲邵孝衍、戴伟，主胡邬文良等。从上海调来原堇风甬剧团编剧张天方、演员郎友增，他们除了进行甬剧改革、创作、移植一些小戏，还担当起培养年轻演员的任务。

年轻演员是从几百个爱好文艺的青年中经过三考选拔出来的。因为与京剧队在同一个文宣队的编制下，又在一个大院里上班，滩子功、把子功等基本功训练的老师都由京剧老师兼任，严格的基训课为演员表演甬剧古装、清装、现代戏打下了扎实的基本功。女演员唱腔由徐秋霞主教，念白由曲艺演员朱桂英兼任（朱老师的口上功夫是宁波曲艺界数一数二的）；男演员唱腔由全碧水主教，念白由郭兴根主教，表演则由演员兼导演的汪莉珍主教。在很短的时间里，我们排演了甬剧小戏《鱼水亭》《一副保险带》《红哨兵》，大戏《海岛女民兵》。这些剧目在宁波和周边农村演出，使广大群众在当时只有八个样板戏的一片"红色表演"中，看到了一丝绿色的欣喜。

一九七六年，大地回春，甬剧改革小组也被甬剧队替代。年轻演员在老演员的带教下，在实践演出的锻炼中，演技日趋成熟，与老演员同排了甬剧大戏《艳阳天》《霓虹灯下的哨兵》《枫叶红了的时候》《山乡风云》《雷雨》等。当时甬剧演出受到人们追捧，到了"一票难求"的境地，尤其是《雷雨》赴沪演出时，轰动上海，观众连夜排队买票，演出受到了普通观众和戏剧界权威的肯定和好评。

青年演员石松雪、杨佳玲、沃幸康、陈安俐、张海丽崭露头角,他们深受广大群众喜爱。我也在老师的指导和表演实践中得到了较大的进步,在多部戏中担任主角或主要配角。在《海岛女民兵》中饰演坚强智慧的海岛女民兵连长海霞,在《霓虹灯下的哨兵》中饰演来自资产阶级家庭,追求进步、追求光明的女学生,在《枫叶红了的时候》中饰演年轻貌美的现代办公室文员顾岚,在《雷雨》中饰演曹禺先生笔下追求个性解放、自由,性格极其复杂的姨太太繁漪……我能正确地分析、理解、刻画不同人物的性格,擅于通过自身表演,较好地在舞台上表现出来,逐渐形成了个人的表演风格。嗓音清丽、唱腔优美、表演洒脱、戏路宽广,并擅于表演不同类型的人物。《雷雨》在上海演出时,我饰演的繁漪得到了上海戏剧界丁是娥等前辈的肯定和赞扬。

一九七七年,宁波甬剧团正式恢复,召回了在工厂、农场工作多年的优秀甬剧演员金玉兰、王文斌、陈月琴等,并从当时的地区越剧团调回原甬剧团和甬剧青年队的演员曹定英、杨柳汀等二十九位业务骨干。从上海调来了原堇风甬剧团的鼓板、音乐指挥汪云华,从黑龙江调来了受过正规艺术院校教育的舞台美术设计张咪康等,使剧团的配置更加充实合理。广大观众喜欢甬剧、热爱甬剧的情绪在二十世纪七十年代末到八十年代,达到了顶峰,这也大大鼓舞了甬剧的演职人员。当时我们排演了大量的优秀剧目,有《浪子奇缘》《三篙恨》《秀才的婚事》《风雨一家人》等,移植、改编的剧目有《泪血樱花》《魂牵万里月》《日出》等,复排剧目有《半把剪刀》《天要落雨娘要嫁》《双玉婵》等。

二十世纪八十年代又办了甬剧培训班,培养了王锦文、虞杰、王红刚等,随团培养了严耀忠、黄明等一批青年演员。

剧团的创作节目先后参加宁波市、浙江省乃至全国的调研戏剧节、艺术节、比赛等,均获得各种奖项,并受到全国剧协的领导和前辈戏剧家的肯定。他们对甬剧的评价是:表演现代戏是这个剧种的特长,能程式化表演,和现实生活完美结合;如此深刻、生动、正确地刻画人物性格的戏曲演员不多……

甬剧形成了程式与自然和谐结合,独特、真实、细致的现实主义戏曲表现形式;表演既含蓄又夸张,既幽默、诙谐,又抒情;唱腔优美,以长段清板,无伴奏演唱见长;舞台表现艺术日趋完美。

到了二十一世纪,为使甬剧更加戏剧化,更加富有艺术性,并向都市化、艺术化转型,剧团请来全国一流的编剧、导演、舞美设计等加盟甬剧,全新打造了备受当年戏曲舞台关注的剧目《典妻》。专家感叹一个地方小剧种出了大作品，使广大观众耳目一新、赞不绝口，囊括了包括"文华大奖""五个一工程奖"等在内的全国各类戏剧的最高奖项。王锦文也因此获得戏剧表演梅花奖。

王锦文带着甬剧，带着《典妻》走出宁波，去上海、西安、香港、台湾地区，一路走红；西行德国、匈牙利，登上了国际舞台。所到之处大受欢迎。甬剧登上了一个新的艺术巅峰。

甬剧已成功申报为国家级非物质文化遗产，她来自民间，扎根民间，广大戏迷成立俱乐部，成立业余甬剧团，追随自己喜欢的艺术。剧团又培养了一批又一批的青年演员，继承发扬了这个几经风霜、独一无二的地方剧种。愿甬剧根深叶茂，代代流传。

给角色以生命与灵魂
——谈表演《雷雨》中繁漪的体会

《雷雨》是曹禺先生的名作,它通过周、鲁两家错综复杂的矛盾冲突,深刻地揭示了资产阶级腐朽糜烂的生活及虚伪残酷的本质,对被侮辱和被损害者表示了深切的同情,并愤怒地抨击了旧社会黑暗的现实。《雷雨》成功地吸取了外国戏剧的优点,并继承了民族戏剧的宝贵经验,形成了民族特色和个人风格。

作为演员,如何把握剧本的主题思想和人物性格,准确地塑造剧中每个角色的舞台艺术形象,是艺术生命的关键所在。

在《雷雨》的思想深度中挖掘角色的心灵

一九七八年,我接受了扮演《雷雨》中繁漪的任务。

繁漪的性格较为复杂，准确把握她的性格是理解全剧的关键。

我反复认真地阅读曹禺先生的原著及有关专家对《雷雨》的论述，研究繁漪的复杂心理和行为特征，从作者的原意、指导思想及当时的时代背景、社会根源来认识繁漪。

我认为繁漪的性格是比较复杂的，她也是曹禺刻画得最成功的人物。她的性格那么乖戾、自私、极端，以至于许多青年，包括我自己都觉得不容易理解她。她的性格的复杂性完全是那个令人窒息的环境逼出来的。繁漪是从旧式家庭走出来的纤纤淑女，又是封建大家庭的女主人，但她又受过新思想的影响，她任性、傲慢，她渴望爱情的欢乐和个性的自由，是所谓追求"解放"的女性。但是在周朴园的统治秩序下，她被禁绝了一切正常的见解和自由的呼吸，被扼杀了一切生的气息和爱的情感。正是这个黑暗王国的禁锢，逼得繁漪成了一个"石头样的死人"。繁漪就是生活在这个特定环境中的具有反抗精神、渴望个性解放、追求爱情和自由的知识妇女。当周萍（她的丈夫与其前妻生的儿子）闯进她的生活中时，她才被"救活了"。他点燃了繁漪爱情的火苗，使她领受了从未有过的爱情。她沉溺了，陶醉了，把人生的希望都寄托在这不正常的爱情中。于是，她拼命抓住周萍不放，甚至连生命、名誉都统统交给了周萍。三年后，周萍始乱终弃，无情地把她重新推入枯寂的冰窖。她强烈地感受到周家两代人的欺骗和凌辱，把长期积郁的苦水和仇恨化作了复仇的烈火。这种变态的乱伦的爱情追求，本身就是畸形的。畸形的乱伦关系是畸形的家庭制度和社会制度的产物。她那种乖戾、阴鸷的性格折射出强大的封建压力，反映了那个黑暗王国是怎样把一个怀着自由追求的女性逼得疯狂起来，逼得她陷入"母亲不像母亲，情妇又不像情妇"的地步。繁漪的反抗看似激烈，但反抗力量又是薄弱的。从个人自由的要求发出反抗总是有限的，她对爱情的畸形追求不可能把她引向幸福之途。繁漪揭露周朴园的封建、专制、虚伪，同时也暴露了她那资产阶级极端利己主义的灵魂。当她追求爱情自由时，也破坏了别人的爱情追求，特别是对无辜的四凤。她使用的手段，无疑给四凤这个少女带来了强大的精神压力和无情的伤害，这一切也正是她极端自私的表现。

由此，我逐步认识到，繁漪这个人物形象，正如在现实生活中一样，被当时的社会习俗扭曲了。她的本性是正常的、善良的，但当时的社会习俗使其蜕变成叛逆的、邪恶的、极端自私的人。只有深刻地挖掘角色的心灵，从思想深处认识她，找到她生活轨迹的依据，才能对如何塑造繁漪这个人物的艺术形象，在表演上奠定思想理论基础。

准确把握繁漪的矛盾性格，塑造人物的真实形象

如何恰如其分地塑造繁漪这个舞台艺术形象，如何赋予角色生命的灵魂，我认为首先要进入繁漪矛盾的内心世界，认清矛盾的存在，体验她的矛盾心理，以更好地展现她的矛盾行为。从排练、演出，直到后面的复演，我一直在努力地追求着。

在身份上，既要突出繁漪笼中金丝雀的苦闷、烦躁，又不能忘记她作为周公馆女主人的矜持、庄重；在感情上，既要突出她爱情的反常，又不能忘记她对爱情的真挚；在性格上，既要突出她叛逆、复仇的一面，又不能忘记她柔顺、妥协的一面。她是封建制度的牺牲品。她把恐怖与可爱，热烈与冰冷，阴暗与明朗，爱情与仇恨，乖戾与自然，欢乐与抑郁，勇敢与怯弱，善良与奸恶，高尚与渺小，灵与肉，动人地交织在一起，是一个非常有魅力的角色。

理清复杂的人物性格，把握矛盾心理存在的两面性，才能恰如其分地充实角色的艺术形象，赋予其生命和灵魂。

比如在第一场戏里。炎热的早晨，繁漪下楼来，是因为她的情人周萍近来对她越来越冷淡，当她听说他要到矿上去时，她想见到他，劝他不要走。因为他是她生命的需要，尤其在这个令人窒息的家庭中。丈夫周朴园自负妄断、狡猾专制，是一个依靠血腥的洋财发家致富的资本家，又是一个道貌岸然的伪君子。她看透了他虚伪的面目，憎恨他的封建专制，他们之间是没有感情的。但繁漪所爱的周萍却是她丈夫与其前妻的儿子，比她丈夫更加虚伪，更加卑鄙。他欺骗了繁漪，又玩弄仆人四凤。近来，周萍对繁漪态度冷漠，严重的失落感使她感到不安，迫使她下楼来，她想见到他，同他叙旧，劝他不要走……然而她迎面碰上了年轻、漂亮的情敌——四凤来送药。她又见客厅里换了丈夫为了掩盖自己的罪恶而怀念前妻的旧式家具，顿时爱、妒、恨交织在一起。不过繁漪毕竟是受过旧时"文明"教育的，又是这个大家庭的主妇，她可以不择手段，但不可能不顾脸面与四凤争风吃醋。虽然她想冲出牢笼，但毕竟受到封建专制的重重压迫，此刻她不会与周朴园撕破脸；虽然她已知道周萍与四凤的关系，但还是竭力维持与周萍的爱。

所以，既要体会她郁闷、不安的矛盾心理，又要掌握好分寸，不失其特定的身份。在表演时，我注意到这复杂关系的两面性，用平视前方、不屑一顾的眼神来体现她对四凤的妒意，又用平静的语调来体现主妇的尊严。此外，既急于打听周萍的动向，体现她对周萍的爱的真挚，又故意装作满不在乎,装出一副随便问问的样子,来表现她在第三者面前不能流露真情。看到换了旧式家具而微蹙眉头,又听四凤说是老爷要换的,便急促地来回踱步以表示不满、烦躁,转身做深呼吸说"这天真闷热啊,叫人透不过气来"。我着重突出了"闷"与"透不过气来",借闷热的天气来抒发其郁闷的心情。

当四凤支吾、慌张地推说不知道周萍的动向时,繁漪愈发疑惑,妒意更增。在表演上,我缓缓扭转脸去,目光平视,重重地看了她一眼,以此显示自己居高临下的身份,以及妒恨交织的复杂心情。

我也不轻易放过小细节。四凤请繁漪喝药,繁漪先是微微一怔,又听"是老爷吩咐的",顿时觉得周朴园专制的枷锁又在颈肩上增添了压力,终于把先前抑住的火引了出来,盛气凌人地说:"啥人要你来劝我!"但又觉得不该把火发在这姑娘一个人身上,而且对她发火也没什么用,便即刻收住,并缓缓补上一句:"这药也没用。"我认为这样的表演既表现了繁漪被爱、妒、恨烧灼的心情,又体现了她矛盾、压抑的处境,也显示了她理智、善良与乖戾、自私交融的性格。

繁漪与爱子周冲之间也充满了矛盾。她是周冲的亲娘,她爱儿子,儿子是她生活中唯一的安慰。但她却抛弃

甬剧《雷雨》剧照

了神圣的母亲的天职,干了罪大恶极的事。两人之间那特定的母子关系使繁漪心绪不宁。她不愿给儿子在心灵上造成伤害,为了让对方心境安宁,她不得不掩饰自己真实的心情。她话到嘴边,却留住半句:"妈是不好,有时候连自己都忘了自己在哪里。"这痛切的话是繁漪压缩在心底却又按捺不住的困惑的流露。我在表演时,通过若即若离的神情、亦虚亦实的话语与一声惨淡的苦笑,来体现她那不可抑制的困惑和苦恼。儿子信赖地告诉繁漪,他爱上了四凤。虽然她是不会同意自己的儿子与仆人且又是自己的情敌联姻的,但她欣赏儿子敢爱与自己出身完全不同的丫鬟的这种精神。在唱"这一点倒像我儿子"时,我的脸上露出了一丝自傲但难以令人察觉的微笑。她认为儿子这一点很像自己,也是对自己的肯定。但她也替儿子担心,担心他会被旁人说闲话,担心他父亲不答应,其实她也是怕自己被旁人说闲话,担心自己会受到丈夫谴责。所以我把繁漪与周冲的对白念成双关的。她关心儿子,不谈如鲠在喉,不吐不快,又意识到母亲的尊严,封建专制势力的压力使她不得不把一切真实的想法咽了下去,又一次体现了她矛盾的心理。

又如,繁漪与周萍的关系突出地展现了矛盾的复杂存在。十几年来,繁漪挣扎在冷酷的专制之下,得不到温暖和爱情。三年前,丈夫前妻的儿子周萍从无锡乡下来到这个家里,从此闯进了她的心田。在这伦理倒转的结合中,周萍见这个后母年轻美丽、风韵犹存、知书达理,又有新文化拂面的稀奇,一时迷恋,但他只是逢场作戏,这个无聊的阔少又去寻求新的刺激。不过繁漪爱周萍是真诚的,像少女初恋那样炽热、真挚、纯洁,她把一切都寄托在周萍身上。周萍是繁漪心中的光明,但现实不容许她保留这种感情,这就形成了矛盾的焦点。在这一场戏中,繁漪见到周萍,主动地叫了一声"萍"。这一声"萍",饱含了多少情:既是长辈对晚辈的招呼,又是情人间的昵称;既是渴望见到萍,而今见到了的喜悦,又是对他有意疏远自己的抱怨;既是一种请求,请求即将去矿上的周萍不要忍心舍弃自己,又是一种谴责,谴责他曾经施舍过爱情,而今又想只身跳出陷阱。但这一声"萍"并无一点怨恨之意。此时的繁漪对周萍只有爱,真诚的爱。所以我把这一声"萍"叫得轻轻的、含蓄的、柔美的、真挚的,叫声中糅合了无限的情思。

综上看来,繁漪与四凤、周冲、周萍、周朴园等人的非常关系,为我体现其复杂的性格提供了心理和行动的依据。

而仅仅把握人物之间复杂的矛盾是不够的,还必须正确地把握矛盾在剧情发展过程中随着客观条件变化而变化的层次和表演的分寸。

如第一场戏中繁漪吃药。前面已经提到繁漪见四凤劝她吃药而产生很大的不满,叫四凤把药倒掉,以示不愿服从。后周朴园又问四凤:"药煎好了没有?""为啥不拿来?"四凤因为已经照繁漪的吩咐把药倒掉了,一时无法回答,只得把目光转回繁漪。台上空气骤紧,繁漪立刻回答:"倒掉了!我叫四凤倒掉了!"这里我特别强调了"我"字,语气是冷淡而坚定的,目光正视前方,以表现繁漪对吃药这件事的鲜明态度。紧接着,周朴园要四凤把剩下的药拿来,并逼着周冲劝他母亲把药喝下。面对这碗苦药,她是不愿意喝的,但她的态度却是克制忍让的,声音是颤抖的,提出"留到夜里吃不好吗?"她表面上好像作了退让,但实际上不是退缩,而是不愿意让儿子受委屈。当繁漪回头看到周冲捧着药碗时委屈的神情,心底再度升起母爱,对儿子注视的目光里,流露出浓重的歉意。但周朴园专制地要她"替孩子们做个服从的榜样",更伤到了她长期因服从而深感压抑的痛苦心灵。她突然把拿起的药碗放下,愤愤地回答:"我吃不下去。"我采用的语调是低沉而压抑的,眼神里充满了不满和愤恨,放碗时则是重重的,表现在出沉重的压力下进行反抗。当周朴园命令周萍劝药时,吃药这出戏一下子到了高潮,繁漪矛盾的心理进一步激化。繁漪痴情地把他当作情人,当作精神支柱,希望从他那里得到力量,希望他能说服他爹,与她一起反抗封建专制。所以我在表演上一听到周朴园喊萍时,全身的神经就开始紧张,顿时把眼睛转向周萍,目光里充满了希望和期待。周萍的一声"爹",尽管表露的是十分微弱的不满,然而对繁漪来说,也像是电光火石。我把坐着的身子向前倾斜,双目凝视着周萍;当周萍转身未看繁漪一眼时,我急切地半立身子,仿佛要开口求救。我想,繁漪此刻的心情一定像落水时求救一样。但无能、窝囊、软弱的周萍却屈从父亲的压力,他以儿子的身份准备跪下劝药,这重新将繁漪从情人推到了后母的现实中,也把她推进了失望的深渊。但她此时又不能与周朴园决裂,更不能让这不正常的爱情败露,否则就连那最后一丝光明和自由的希望也消失了。表演时,我马上站起身来,迅速端起药碗,急促地连声说:"我吃!我吃!"吃了两口,实在受不了周朴园的逼近,怒视他一眼,接着又将埋怨和怜悯的目光转向周萍,然后一仰头,大口大口地将药吞下。在表现方式上,我没有让繁漪蹬足顿地,没有号啕大哭,只是用手绢捂住嘴巴,强忍泪水快步走上楼,直至离开舞台,才把那吞咽的哭声迸发出来,送到观众席去。这更加体现了繁漪在封建专制的重重压抑下不甘示弱的反抗。我似乎理解了她矛盾的处境,慢慢走进了她的心里。

如何体现矛盾的复杂性及其发展、激化

随着矛盾的急剧递增,繁漪交织着对周朴园压迫的反抗、对周冲的神圣母爱、对周萍懦弱背弃的愤恨,封建世俗偏见和叛逆反抗的矛盾心理也逐渐激化。

若一味地强化,反而会转化为平淡和无味。掌握舞台节奏,抑与扬的合理运用,可使主要矛盾更加明显地突出,并揭示人物心灵的闪光点。

以上谈到的第一场、第二场戏的例子,采用的表演手法是抑扬相接,基本上是抑制的,甚至是哀婉凄苦的,即使反抗也只能是微弱的,忧郁的眼神充满了爱、妒、恨,使人感到熊熊郁火在烧灼着孤独的心灵,以此体现繁漪是在重重的压抑下受煎熬。

但第二场戏中,繁漪与周萍单独见面时,也就是她被迫吃药几个小时后,繁漪求周萍不要把旧情若无其事地当作风吹过,希望他仍像从前一样爱她,倾诉自己对周萍的一片真情,也责备他的冷漠和无情,告诉他不管外界压力有多大,她仍我行我素地爱着他,一点儿也没有后悔过。并且,她揭露周朴园的伪君子面目,表示要改变"情人不像情人,母亲不像母亲"的处境。我在表演和唱腔的处理上,采用了抑扬结合的方法。因为没有第三者在场,她把后母的身份丢弃在一边,对周萍的爱和对周朴园的恨都表现得较强烈,动作幅度较之前也更大。我围着周萍转,眼睛里对周萍的爱是赤裸裸、热辣辣的,抒发着心头的压抑和真挚的爱情,哪怕周萍只是根稻草,那也是她唯一的救命稻草,要紧紧拉住。

又如第三场戏中,繁漪跟踪周萍来到鲁家,知道了他与四凤的关系。在风雨交加之中,她把四凤家的窗户紧紧关上,使负心的周萍陷入困境。虽然没有一句对白,但我表演时的态度是强烈的、尖锐的,体现了女人不是好欺负的倔强性格,也表现了叛逆女性的闪光点。

第四场戏中,繁漪和周萍先后从四凤家里回来。经过短短的问答,繁漪得到的是周萍的公然挑战,当他宣布要与四凤结婚并带她一起走的时候,繁漪痛不欲生。但她渴望自由与情人的希望还没有熄灭,为了挽留周萍,她强压心中的痛苦和怨恨,默认了他俩的关系,并提出"只要你不走,你父亲那里我可以替你想办法"。我在念这些台词时,强咽泪水、神情凄楚,语气却是诚恳的,表达了对周萍痴情真挚的爱。在演唱"倷若今天离我走"这一句时,我眼含泪水,表现得缠绵哀怨、凄苦悲凉。唱到"我一生心高气傲不服人,今日里低声下气将你求"时,我倒吸一口凉气。"我不是疯子,也变疯",我唱得悲苦。"我唯一希望就是你,要走带我一起走"则唱得非常真挚、可怜,简直是在苦苦哀求。我试图用抒情的甬剧老调,抑制的表演手法,来体现繁漪尽管明知周萍已经变心,仍一片真心想打动他的心,挽回旧情。繁漪是个心高气傲的女人,为什么她一反常态,自我压抑到让人不能理解的程度?她知道失去周萍就是失去了爱情,失去了自由,她要摆脱"不是疯子也变成疯子"的处境。表演的时候,我突然跪在地上,低下高贵的头,表现出失去自我、丢却自尊的样子,这时候繁漪的苦苦哀求已经到了极点。但她的委屈未能求全,得到的却是周萍的怒骂:"讨厌!""滚开!"他甚至还要她去死。在这个时候,繁漪内心深处最后一丝希望破灭了,强烈的绝望和痛苦折磨着她。我在表演上没有用激烈的动作,反而用抑来反衬内心强烈的愤恨。我把台词"讨厌我了,真的讨厌我了"念得轻而低、冷漠至极。人后退,跌坐在沙发上,身子伏在茶几上,借以揭露人物绝望之后极度的痛苦,然后又自言自语地说着"完了"。至此,我在表演上完成了抑制的手法。紧接着,繁漪在绝望中挣扎,我也着力抑与扬的转化,紧紧地把握住舞台节奏。"完了"两字刚刚出口,人刚刚跌坐下去,只空了一拍,身子马上抬起,坚定地昂起了头,两眼直瞪前方,冰冷地宣布:"我刚刚看见了你和四凤……"这宣布了繁漪与周萍的决裂,宣布了繁漪进攻、报复的开始。我没有让她在舞台上大声喊叫,也没有让她唉声叹气,更没有让她哭泣,而是通过这些表演来体现繁漪只剩下愤怒与怨恨,显示叛逆女性的高傲个性。

繁漪利用大海来报复周萍。周萍要她上楼去。表演的时候,我让她笑着上楼,这笑声是冰冷的、凝重的,又是缓缓的,体现了她的幸灾乐祸。从抑中见扬,更好地体现了"你等着看吧,我可不是好欺负的",又一次揭示了叛逆女性的闪光点。

繁漪报复了,她利用大海将矛盾向前推进一步。再利用儿子周冲对四凤的爱来破坏周萍与四凤的关系,妄图挽回这危局,重新燃起与周萍和好的一丝侥幸的希望。但是儿子周冲却说要哥哥待四凤好,他没关系!最后的希望彻底破灭了,火山终于爆发了,她决心与周萍同归于尽,一起毁灭。她要让人知道:"在这世界上,因为有我这样的女人,才让你们晓得,女人不是好欺负的。"她当着众人说出了与周萍的乱伦关系,把全剧推向了高潮。叫用人关上大门,不让周萍与四凤离开;叫来周朴园,用她一向反对的外力来破坏一切。她连卑鄙的手段都用上了。

我采用的表演方式也是尖锐的：节奏紧凑、语调愤恨而坚定，神情恍惚，但又非常理智。

随着侍萍与周家关系的暴露，四凤、周冲的死，周萍的自杀，工潮猛烈……繁漪的矛盾心理压抑到了极限，心中的郁火烧煞了她寻求爱情、寻求自由、寻求幸福的心。她的希望没有了，一切都毁灭了，所以她疯了。在表演的时候，我迸发出一阵毛骨悚然的疯笑声，这笑声排山倒海，这笑声凄凉惨痛，这笑声控诉着不幸的悲剧命运，这笑声也凝聚了反抗的力量，揭露着旧世界的黑暗。全剧就在这揪心的疯笑声中结束了。

我紧紧把握舞台节奏，采用抑扬结合的表演手法来展现繁漪错综复杂的矛盾递增与激化的层次及分寸，从而为最后的大爆发作了铺垫。

厘清了复杂的人际关系，把握了矛盾心理的两面性，分清了矛盾递增的层次，使演员生活在角色的喜怒哀乐、悲欢离合之中。有了剧中人物的生活、剧中人物的脑袋，塑造的角色就不会只是一个表演情绪的躯壳，而是有了生命和灵魂。

繁漪是一个资产阶级叛逆女性的代表人物，在封建统治的秩序下，失去了真正的爱情和个性的自由。周公馆——这个肮脏的、伦理倒置的、旧式的封建家庭是黑暗王国的缩影。繁漪看透了周朴园的伪善,揭露了周家两代人的罪恶,无情地撕破了封建家庭的面纱,从而促使这个封建堡垒彻底崩溃。但她的阶级本性决定了她不可能离弃她那个资产阶级的世界;她想解救自己饥渴的灵魂,却不可能彻底摆脱身上的锁链。她对封建制度的叛逆,只是为了争得个人的自由和幸福,根本不是为了解救劳苦大众,更不是为了憧憬新的社会。

她热爱自由,却暴露了资产阶级的本质——自私、虚伪、疯狂;她追求幸福,想到达理想的彼岸,却沉溺在黑暗的汪洋之中;她的生命之火烧得像电光一样白热,却又是那样短促。她那交织着爱、妒、恨的烈火冲击着旧世界,也吞噬了她自己。黑暗的封建制度决定了她悲剧的命运。

我生在新社会、长在红旗下,能演好繁漪这个角色,除了熟读原著,深刻分析事情的发展缘由,理顺人物之间的矛盾,走进角色复杂的内心,努力忘却自我,成为局中人,还因为前辈金玉兰老师无私的提携。她把自己塑造多年的舞台角色让给年轻人,毫无保留地把塑造人物的经验、体会、唱腔传授给我,并非常开明地支持年轻演员对角色产生新的认识,进行新的演绎。这是年轻演员走向成功的基石,感谢金玉兰老师!

我喜欢繁漪这个舞台形象,更热爱甬剧艺术。

后　记

由于我在《阿拉讲大道》节目中呈现出较风趣幽默的语言风格，受到广大电视观众的认可与喜爱，因此也引起了《新侨报》的编辑们的注意，她们来约我为杂志《天一文化》的《民风》专栏写文章。好多年没有正经八百地抒情叙事写文章了，我心里没有把握。抱着试试看的心情写了几期后，杂志社的编辑对文章做了肯定，还告诉我，好多读者看了我写的关于宁波地方特色的菜肴后，真正馋痨煞嘞。她们的鼓励给了我继续写作的信心，无论是命题的，还是自己有感而发写的，我都认真地完成。

这次宁波出版社的编辑找到我，说要把我写的文章集中起来出版。听了以后，我忐忑不安，这能行吗？后来，我对文章做了非常认真的修改，并且补充了多篇文章，在出版社编辑一丝不苟的把关下，这本小书终于成形了。

在这本书付梓之际，感谢曾任宁波电视台都市文体频道主任的陈新生女士，她是我在文宣队时的同事。她是京剧演员，我是甬剧演员，但我们在一起练功，彼此比较熟悉，也比较了解，经她推荐，我得到宁波电视台副台长章正跃先生的赏识，进入了《阿拉讲大道》节目。感谢原《新侨报》编辑林旻、王颖燕，由于她们认真负责的工作，文章才得以出彩。感谢宁波出版社的编辑徐飞、苗梁婕、楼晓娴的热情指导与专业专注的编辑，这本书才得以出版。还要感谢何业琦老师专门为本书绘制插画，使文章内容更加生动鲜活，为本书增色不少，起了画龙点睛的作用。由于本人水平有限，尚有不足，恳请多多批评、指正。

希望广大读者喜欢这本书。祝大家天天开心！

王　坚

二〇一八年十月

图书在版编目（CIP）数据

王阿姨说/王坚著.— 宁波：宁波出版社，2018.11
ISBN 978-7-5526-3326-9

Ⅰ.①王… Ⅱ.①王… Ⅲ.①随笔—作品集—中国—当代Ⅳ.①I267.1

中国版本图书馆CIP数据核字（2018）第227692号

王阿姨说

作　　者	王　坚
插　　画	何业琦
出版发行	宁波出版社
地址邮编	宁波市甬江大道1号宁波书城8号楼6楼　315040
策划编辑	徐　飞
责任编辑	苗梁婕
责任校对	周真渝　李　强
印　　刷	宁波白云印刷有限公司
印　　张	7.75　插页　14
开　　本	880mm×1230mm　1/32
字　　数	135千
版　　次	2018年11月第1版
印　　次	2018年11月第1次印刷
标准书号	ISBN 978-7-5526-3326-9
定　　价	36.00元